불량아빠 육아일기

불량아빠 육아일기

마이클 루이스 지음 · 정미화 옮김

이불

들어가며

나는 아버지로부터 독특한 형태의 게으름을 물려받았다. 빤히 보이는 게으름이 아니라, 주변 사람들의 눈에 띄지 않은 채 하기 싫은 자질구레한 일을 피하는 재능이랄까. 아버지는 대부분의 문제는 무시하면 간단히 사라져버린다는 생각을 거의 원칙처럼 여기셨다. 그리고 그런 문제에는 대개 자식들도 포함되었다. "네가 대학에 갈 때까지 말도 건네지 않았다." 아버지는 6개월 된 아이에게 옷 입히기를 시도하는 내 모습을 보고 말씀하셨다. "궂은일은 다 네 엄마가 했다."

아버지 말씀이 전부 사실은 아니겠지만, 거짓말탐지기는 너끈히 통과할 정도는 될 것이다. 그 세대 대부분의 아버지들이 그랬던 것처럼, 따분하고 혼란스러웠던 나의 어린

시절 기억 속에 아버지는 안 계셨다. (아버지는 내가 태어난 소식도 전보로 받으셨다.) 자식들이 원하지 않을 때만 모습을 드러내는 아버지의 성향은 쉽게 사라지지 않는 정서적 거리감으로 남았고, 귀찮은 일에 시달리지 않으려 한 점에 대해 아버지는 심리적으로 상당한 대가를 치러야 했다. 그러나 자명한 사실은 자식들이 어머니를 사랑하는 만큼 아버지도 사랑한다는 것이다. 기저귀 발진이 나도 크게 개의치 않았거나 점심을 차려주지 않았거나 〈유쾌한 눈사람 할아버지〉 노래 가사를 함께 연습하지 않았다고 해서 아버지를 원망하지 않는다. 기억조차 하지 못한다! 어머니는 온갖 궂은일을 다 하셨지만, 심적으로는 눈곱만큼의 인정도 받지 못하셨다. 어린애들은 고마워할 줄 모른다. 비즈니스의 관점에서 보면 어린애에게 호의를 베푸는 일에서는 서브프라임 모기지 대출을 받는 것만큼 상황 판단을 잘해야 한다.

내가 아빠가 되었을 때 롤 모델은 단 한 명, 내 아버지뿐이었다. 아버지는 이 새로운 역할을 대하는 하나의 자세를 물려주셨다. 나는 내 아이들의 성장을 그다지 관심은 없지만 겉으로는 즐거워하며 기분 좋은 듯 지켜보는 자세만 갖추고 있었다. 하지만 아빠의 역할이 변했다. 즐거움을 가장한 무심한 태도는 더 이상 아빠의 자격 조건이 아니었다. 좋은 시절은 다 지나가버렸다.

이 책은 훗날 되돌아보면 '아빠 노릇의 암흑기'라고 할 만한 시절의 단면을 담고 있다. 분명 우리는 내 아버지가 보여줬던 아빠 노릇의 모델과 미래의 완벽한 아빠라면 손쉽게 실행할 것으로 모두가 인정한 이상적인 모델 사이의 길고 불행한 과도기 한가운데 있다. 하지만 지금 당장은 보편적이거나 일정한 행동 기준조차 없는 혼란스러운 상황이다. 우리 집에서 반경 몇 킬로미터 이내만 해도 나를 네안데르탈인 취급하며 불쌍한 아내를 도와 육아에 더 신경 쓰고 입도 뻥끗하지 말라는 온전한 정신의 소유자들이 있는가 하면, 나를 '진정한 현대인'으로 보고는 생계를 책임지는 동시에 집 안의 수도승으로서 모든 육아의 약 31.5%를 담당하는 능력에 찬사를 보내는 합리적인 사람들도 있다. 기준이 없는 것은 시장에서 상품 가격의 합당한 기준이 없는 경우나 다름없다. 이 경우 잘해야 가격을 깎는 승강이로 이어지거나 최악의 경우에는 시장 실패market failure(불완전한 경쟁 등으로 시장에 의한 자원 배분의 효율성이 확보되지 못하는 상태-옮긴이)로 이어진다.

간단한 사고실험 하나. 밥과 캐롤, 테드와 앨리스 두 커플이 저녁 식사를 위해 만난다. 두 커플은 서로 아는 사이가 아니며, 저녁 식사를 하는 동안 커플 간에 육아의 비중이 조금 다르다는 사실을 알게 될 것이다. 캐롤과 밥 커플은 6 대 4, 앨리스와 테드 커플은 8 대 2의 비율로 육아를 분담한다. 밥과 캐롤은 아이들이 디즈니 채널을 시청하지 말아야 한다고 생각하는 반면, 테드와 앨리스는 적절히 활용한다면 디즈니 채널이 훌륭한 베이비시터가 될 수 있다고 생각한다. 육아 방식에 대한 의견 차이만 아니었다면 즐거웠을 저녁 식사가 끝난 뒤 이 두 커플은 어떻게 할까?

(a) 집으로 돌아가도 상대 커플의 육아 방식이나 육아 분담이 얼마나 다른지 언급하지 않는다.

(b) 육아 방식이나 육아 분담에서 상대 커플과 차이가 있다는 점은 인정하지만, 개인적으로 다투지 않기로 한다. 육아는 결코 귀찮은 일이 아니라 즐거운 일이니까! 더구나 어떤 일을 하거나 아이를 키우는 방법은 여러 가지가 있게 마련이다.

(c) 집에 가서 말다툼을 한다. 물론 당장 시작하지는 않는다. 집에 도착한 앨리스는 속이 좀 끓지만 아무 말도 하지 않겠다고 다짐한다. 그러나 어느 순간 머릿속에서 맴도는 생각을 참지 못한다. "디즈니 채널이 우리 가족한테 미치는 영향을 줄이는 게 좋겠어." 혹은 "밥이 아이들을 학교에 태워다 줘

서 캐롤이 오전을 편하게 보내는 방법이 괜찮은 거 같아."라고 말한다. 한편, 한 블록 건너편에서 밥은 도대체 왜 자신이 매일 아침 아이들을 등교시켜야만 하는지를 생각하고 있다. "앨리스는 정말 좋은 엄마인 거 같더군. 그런 거 같지 않아?"라는 밥의 말이 떨어지기가 무섭게 두 사람은 당분간 같은 침대를 쓰지 않기로 하는 데 동의한다. 그리고 재미있는 일이 벌어진다. 이들 두 커플은 절대 다시 만나지 않는다. 다시 만나서 저녁 식사를 하기로 했지만, 어찌된 일인지 결코 그런 일은 없다. 테드는 바쁘고, 캐롤은 시간을 내지 못한다.

만약 독자분이 (a)나 (b)로 답을 했다면 다음 두 단락은 읽지 않고 건너뛰어도 무방하다.

여기서 질문. 육아 방식이 조금 다른 커플들 간의 만남은 왜 그렇게 빨리 커플 사이의 갈등으로 이어질까? 육아 방식이나 아빠의 역할처럼 중요하고 심사숙고해야 한다고 여기는 결정 사항들이 어떻게 다른 방식을 가진 사람과의 우연한 접촉으로 인해 그렇게 쉽게 흔들릴 수가 있을까? 다른 육아 방식을 설정해놓은 가상의 상황조차 누가 무엇을 해야 하는지를 두고 말다툼을 유발하는 계기가 되는 이유는 무엇일까?

한 가지 답은, 사적이라고 여기는 이런 문제에 대해 사람들이 끊임없이 공적인 기준을 언급한다는 것이다. 남들이 같은 실수를 한다면 사람들은 자신의 육아 실수를 감수한다. 모든 사람들이 동일한 대접을 받는다면 부당한 대우를 받는 것도 개의치 않는다. 그러나 육아에는 공적인 기준이 없고, 결코 기준이 있을 것 같지도 않다. 우리는 모두 겨우 더듬어서 길을 찾으면서, 나중에는 마치 다 알아서 했다는 듯이 거짓말을 늘어놓을 뿐이다. 그 결과, 미국 가정에서 육아를 둘러싼 부부의 관계에서는 모로코 전통 시장에서 가격 흥정을 하는 분위기가 난다.

나는 첫 아이가 태어난 지 7개월 되었을 때, 아빠가 된 경험을 일기로 쓰기 시작했다. 이 책을 읽다 보면 내가 새로운 아빠 노릇에 대해 쓸 생각이 아니었다는 점을 바로 눈치챌 것이다. 파리에 대해 쓰려고 했지만, 파리 이야기는 생후 7개월 된 아기 때문에 묻히고 말았다. 이 책 내용의 대부분은 나의 세 아이들이 태어난 첫해, 잠 못 이루고 갈피를 못 잡으며 이래저래 불편했던 시기에 쓴 것들이다. 또한 대부분이 사건이 일어나고 며칠 안에 쓴 내용들이기도 하다. 나는 생각이나 감정 혹은 인상적인 에피소드조차 즉시 적어두지 않으면 완전히 잊어버린다는 사실을 상당히 빨리 알게 되었다. 글을 쓰기 시작한 첫 번째 이유이기도 하다. 기억 상실은 인간이 재생산을 계속하는 비결이다. 아빠가 된 새로운 경험이 실제로 어땠는지 기억한다면, 그 경험이 정말 멋진 일이라고 사람들에게 거짓말하지 않을 것이고, 당연히 두 번 경험하지는 않을 것이다.

무엇보다 아빠가 되어서 내가 느껴야 했던 감정과 실제 내가 느낀 감정 사이의 마음 불편한 간극이 계속 이어졌다는 것이 아빠가 된 경험을 계속 글로 쓰게 된 가장 큰 이유였다. 주변에서 "아들이군! 정말 기쁘겠어!"라며 기쁨에 벅찼을 거라 기대했을 때 나는 당황스러웠다. (딸이었다면 그만큼 기뻐하지 말아야 한다는 건가?) 화가 크게 날 거라고 주변에서 말했을 때는 남몰래 기분이 좋기도 했다. 걱정될 거라고 했을 때는 무덤덤했다. ('고작 피 조금 난 건데, 뭐.') 나는 한동안 줄곧 일말의 죄책감을 느끼며 지냈지만, 주변의 다른 아빠들 역시 한 가지 방식으로만 생각하고 느끼는 척한다는 것을 알았다. 사실은 여러 방식으로 생각하고 느끼고 있으며, 나중에 가서 온갖 핑계거리를 갖다 붙였다는 것을 알았다. 이 책은 에피소드 모음집이라고 볼 수 있기 때문에 어느 한 가지 에피소드를 통해서만 핵심 포인트를 설명하지는 않을 생각이다. 그럼 이제 일기 속으로.

우리는 버뮤다의 한 고급 호텔에 있다. 다른 곳의 고급 호텔처럼 이 호텔 역시 어린애들의 종잡을 수 없는 취향에 새로운 방식으로 배려를 해주고 있다. 유아용 수영장은 거의 성인용 수영장만 한 크기이고, 폭이 좁은 통로를 통해 성인용 수영장과 연결이 된다. 유아용 수영장 한가운데에는 어린이 전용 온수 욕조도 있다. 현재 여섯 살과 세 살인 나의 두 딸은 유아용 수영장과 온수 욕조를 넘나들며 뛰논다. 마냥 해맑게 즐거운 모습이다.

그때 난데없이 남자애들 네 명이 나타난다. 열 살이나 열한 살 정도로 보이는 사내아이들이었다. 딸만 있는 사람은 알겠지만, 사람이 많은 곳에서 사내아이들은 골치 아픈 일밖에는 만들지 않는다. 이 네 녀석들은 기어코 그 사실을 증명할 모양이다. 두 딸이 노는 모습을 보고는 세 살인 딕시가 수영 튜브로 사용했던 스펀지 막대를 잡아채더니 무기처럼 휘두른다. 이어 여섯 살짜리 퀸에게 몰려가더니 퀸이 울기 직전까지 한쪽으로만 계속 물세례를 퍼붓는다. 내가 유아용 수영장과 성인용 수영장 사이 통로를 맴돌며 중재에 나서야 하는지 고민하는 사이, 딕시가 선수를 친다. 딕시는 제 언니 앞으로 뛰쳐나가서는 가슴을 들이민다.

"귀찮은 녀석들!" 딕시가 큰 소리로 외치는 바람에 수영장 주변 어른들은 읽고 있던 다니엘 스틸의 소설책 너머로 시선을 돌린다. 사내아이들조차 흠칫 놀란다. 주변의 시선을 한 몸에 받은 딕시는 목소리를 한 톤 더 높인다. "입 좀 닥쳐, 이 멍청한 빌어먹을 새끼들!"

버뮤다의 한 리조트 유아용 수영장 주변이 커다란 충격에 빠질 정도이다. 존 그리샴의 소설책 한 권이 서서히 내려가고, 다니엘 스틸 소설책 몇 권은 비치백 속으로 자취를 감춘다. 나는 유아용 수영장으로 연결되는 통로 부근 물이 얕은 곳에서 머리만 수면 위로 놔둔 채 계속 서성거린다. 첫 번째 든 생각. '오 마이 갓!' 두 번째 든 생각. '내가 아빠인 줄 아무도 모르겠지.' 나는 수면 아래로 몸을 더 낮추고 악어처럼 눈과 이마만 수면 위로 내놓는다. 그러나 마음속에서 새로운 감정이 생긴다. 자부심. 내 뒤편 일광욕 의자에 앉아 있던 어떤 부인이 소리친다. "케빈! 케빈! 이리 와봐!"

케빈은 스펀지 막대를 휘두른 열한 살짜리 사내아이들 중 하나인 듯하다. "아니, 그게 아니구, 엄마아아!"

"케빈! 당장 와!"

꼬마 악당이 슬금슬금 엄마가 있는 곳으로 가는 동안 나머지 오크^orc(바다 괴물, 톨킨의 소설에 나오는 괴물-옮긴이)들은 더 높은 곳의 심판을 기다린다. 나는 아들을 혼내는 부인의 목소리가 들릴 정도로 가까이 있다. 고소하다.

"케빈, 저 꼬마 여자애한테 그 말을 가르쳤니?" 부인이 묻는다.

"엄마아아아! 아니요오!"

"그러면 애가 어디서 배웠니?"

공교롭게도 나는 그 질문의 답을 알고 있다. 카풀 할 때 배웠어요. 그것도 몇 개월 전에 말이지요! 두 딸애와 일곱 살 남자애, 열 살 여자애를 차에 태워 하교시키는 중이었다. 아이들은 폭스바겐 파사트 뒷좌석에 끼어 앉아 신나게 떠들고 있었다. 앞좌석에 혼자 앉은 나는 아이들이 떠드는 소리에 그다지 귀를 기울이지 않았다.

그런데 그때 열 살짜리 여자애가 말했다. "오늘 디나가 나쁜 말을 했어."

"어떤 말인데?" 퀸이 물었다.

"'S'로 시작하는 말이야." 여자애가 대답했다.

"오오오오우." 아이들이 일제히 입을 모았다.

"'S'로 시작하는 말이 뭐니?" 내가 물었다.

"곤경에 처했을 때면 꼭 하는 말이에요." 아이는 뭘 안다는 듯이 말했다.

"여기서 말해봐." 내가 말했다.

아이는 잠시 생각하더니 말했다. "Stupid."

"아아." 나는 미소 지으며 말했다.

"윌리는 'D'로 시작하는 말을 했어." 퀸이 말했다.

"'D'로 시작하는 말은 뭔데?" 내가 물었다.

"Dumb!" 퀸이 외치자 아이들은 금지된 장난이라도 한 듯 모두 키득거렸다. 뒤 이어 일곱 살짜리 남자애가 끼어들었다. "나도 알아요! 나도 나쁜 말 알아요!"

"나쁜 말, 뭐?" 나는 밝게 웃으며 물었다. 그 질문은 절대 하지 말았어야 하는 이유를 난 그 순간 알지 못했다.

"입 닥쳐, 이 멍청한 빌어먹을 새끼들!"

나는 갓길로 벗어나 차를 세운 뒤 비상등을 켰다. 나쁜 말과 정말 심하게 나쁜 말의 차이에 관해 설교를 시작했지만, 어린이 청중들은 웃다가 쓰러질 지경이었다. 특히 딕시는 아빠가 차를 세우게 한 이 비법을 알고 싶어했다.

"입 닥쳐, 이 멍청한 빌어먹을 새끼들!" 딕시가 말했다.

"딕시야!" 나는 주의를 줬다.

"아빠." 퀸은 조심스럽게 말했다. "왜 우리가 뭘 엎질렀을 때는 나쁜 말을 하고, 아빠가 그랬을 때는 '이런!'이라고 해?"

"이런 빌어먹을!" 딕시가 큰 소리로 외치자 아이들 모두 웃었다.

"딕시!"

딕시는 입을 다물었다. 아이들 모두 입을 닫았다. 차를 타고 가는 남은 시간 동안 아이들은 귓속말을 했다.

그리고 몇 개월이 지난 지금, 여기 버뮤다의 한 호텔 수영장에서 딕시는 대들 듯이 가슴을 내민 채 서 있고, 나는 악어처럼 수영장 안을 떠다니며 사람들의 생각과는 훨씬 다른 감정을 느끼고 있다. 사람들 생각에 나는 당혹해하고 걱정해야 한다. 곧바로 딕시를 수영장에서 데리고 나와 비누로 아이의 입을 닦아줘야 한다. 하지만 나는 그렇게 생각하지 않는다. 사실 나는 감동 받았다. 감동을 뛰어넘어 딕시의 위세에 압도된 느낌이다. 귀찮게 괴롭히는 사내아이들 앞에서 전혀 기죽지 않다니, 정말로 용감할 따름이다. 더구나 제 큰언니를 지키려는 이런 행동은 매일 하는 게 아니다. 딕시를 막고 싶지 않다. 다음에 무슨 일이 일어날지 보고 싶을 뿐이다.

엄마한테 다시 한 번 심하게 혼이 난 듯한 케빈이 엄마의 훈계가 끝나자마자 제대로 앙심을 품고 유아용 수영장으로 향한다. 과속 딱지 때문에 교도소에 수감된 연쇄살인범이 분노에 치를 떠는 것 같다. 다른 짓은 다 잘못했지만,

세 살짜리 여자애한테 욕하는 법을 가르쳤다는 건 억울하다. 케빈은 이제 제대로 되갚아줄 생각이다. 온수 욕조에 있는 오크 일당들에 합류해서는 다시 한 번 퀸에게 으름장을 놓는다. 이번에도 딕시가 싸움에 뛰어든다.

"귀찮은 녀석들!" 딕시가 소리친다. 이번에는 리조트 전체의 주목을 받는다.

"잘 들어, 귀찮은 녀석들! 내가 이 수영장에 두 번이나 쉬를 했어! 한 번은 따뜻한 곳에, 또 한 번은 차가운 곳에!"

말썽꾸러기 녀석들은 항복하고 구역질하며 도망친다. 여러 어른들이 서로 이런저런 이야기를 나누지만, 누구 하나 딕시를 유아용 수영장에서 데리고 나오려 하지 않는다. 딕시는 언니와 놀려고 다시 제자리로 돌아가지만, 언니는 생각보다 그렇게 고맙지 않은 모양이다. 그리고 악어 흉내 중인 아빠는 수면 아래로 몸을 완전히 감추고 방향을 바꿔 성인용 수영장 깊은 곳으로 사라진다. 하지만 작은딸에게 아이스크림을 사 주겠다고 다짐한다. 물론 아이 엄마는 안 된다고 하겠지만.

퀸

QUINN

크리스마스를 며칠 앞두고 우리는 파리 샤를드골공항에 도착했다. 갓난아기와 개 한 마리, 프랑스 사람과 잘 지내는 방법에 관한 책 9권, 그리고 여행 가방 11개도 함께. 가방 3개는 이미 행방불명 상태였다. 교통 체증 속에서 자동차로 1시간 반을 이동하는 동안 아기는 자지러지듯 울었고, 아내는 아기에게 수유하면서 운전기사에게 가슴을 보이지 않으려 애썼으며, 개는 미니밴 바닥에 엎드려 엉덩이를 긁었다. 마침내 레프트 뱅크Left Bank(파리 센 강의 왼쪽 지역-옮긴이)에 있는 새로운 우리 집에 도착했다. 사진으로밖에 보지 못했던 파리의 우리 집은 오래된 공동주택 마당 뒤편 눈에 띄지 않는 조그만 정원에 다닥다닥 모여 있는 방 하나 크기만 한 집들 가운데 하나였다. 욕구와 희망과 기대가 빠르게 교차하는 가운데, 우리는 우르르 차에서 내려 현관으로 달려갔다. 문은 열리지 않았다. 집주인이 우편으로 보낸 열쇠는 현관문에 맞지 않았다.

그 후 30분 동안 우리는 춥고 컴컴한 마당에 앉아서 그냥 기다렸다. 가장 큰 이유는 달리 뭘 해야 할지 생각이 나지 않았기 때문이다. 우리가 지은 죄 때문에 벌을 받고 있었다. 춤추고 싶었기 때문에 지금 그 대가를 치르고 있었다. 사는 곳을 묻는 질문에 "그게 말하기 곤란해요. 연말에 파리로 이사 가거든요."라고 말할 때는 재미있었다. 사람들은 모두 우리를 부러워하거나 부러워하는 척했고, 사람들의 반응만큼 우리는 흐뭇했다. 지난 6개월 동안 우리 부부는 새로운 역할에 충실했다. '파리로 곧 이주하는 사람들.' 그리고 지금 우리는 다름 아닌 파리에 있었다. 하지만 아는 사람이 없었다. 프랑스어 실력은 정말 보잘것없어서 아예 한마디도 하지 못한다고 하는 편이 무방했다. 파리로 이주한 뚜렷한 목적도 없었다. 이것이 바로 내가 다시 한 번 생각해봐야 하는 점이었다.

18개월쯤 전, 나는 비행기 안에서 아내 타비타에게 어른이 되는 것에 대해 불평을 늘어놓았다. 삶의 목적을 가져야 한다는 점도 어른이 되어서 싫은 많은 이유 가운데 하나이다. 무슨 일을 하든지 주변 사람들은 항상 그 이유를 물어보고, 우리는 결국 그 답변을 내놓으며 주변의 요구에 굴복하고 만다. 본래 야심이라고는 없는 사람들조차 이런 식으로 억지로 떠안듯 야심을 갖게 되기도 한다. 제 역할에 충실한 성인으로서 자리를 잡게 되면 다른 분야에 도전해서 실수를 저지른다는 것은 거의 불가능하다.

첫 아이를 임신한 지 5개월이었을 때, 아내는 어른이 되어 느끼는 부담감이 당분간 줄어들 것 같지는 않다고 했다. 부모가 된다는 부담감이 기다리고 있었다. 부모가 된다는 것이 나에게 큰 영향을 미치지 않을 거라 생각했던 때가 있었다. 엄마가 되면 나타나는 화학적 변화가 나를 곤경에서 구해줄 거라고 생각했다. 하기 싫은 모든 자질구레한 일들은 아내가 기꺼이 떠맡을 테니 나는 간혹 조언을 하면 되겠지 싶었다. 아내가 스포츠 캐스터라면 나는 스포츠 해설가라고 생각했다. 그런 환상은 아내가 임신 5개월 차에 접어들었을 때 주변의 경험담에 의해 산산이 부서졌다. 자신이 원치 않는 일에서 빠져나오는 데에 탁월한 재능이 있던 한 친구가 아빠가 된 자신의 경험담을 편지로 보내왔다. "자네 인생이라고 생각했던 그 인생을 기억해둬. 왜냐고? 자네 인생은 더 이상 자네 것이 아니니까."

어쨌든 우리 인생의 문 하나가 닫히고 있는 것 같아서 우리는 창문을 찾아 나섰다. 비행기 안에 있었으니 그랬겠지만, 우리는 기내용 잡지 뒷면에 있는 세계지도를 펼쳤다. 나중에 어떻게 될지는 생각하지 않은 채 단지 해외에 가겠다는 마음뿐이었다. 아프리카에서 살고 싶다는 내 막연한 욕망이 아시아에 살고 싶다는 아내의 더 막연한 욕망에 밀린 건 불공평하게 느껴졌다. 순식간에 전체 대륙이 우리의 미래에서 제외되었다. 40분 뒤 우리는 전 세계를 두 도시로 축소했다. 바르셀로나와 파리. 그리고 며칠 뒤 한 디너파티 자리였다. 테이블 맞은편에 앉은 친구가 자신의 여동생이 스스로 감당할 수 없는 세입자들을 파리의 오래된 멋진 집에 눌러살게 둔다고 말했다. 바로 거기였다. 우리는 허세를 부렸다. 집도 직접 보지 않고 빌리기로 했다.

그래서 지금 우리는 파리에 있다. 추위와 어둠 속, 집도 없고 친구도 없이 할 말을 잃은 채. 놀랍게도 마음의 소리가 들린다. '도대체 여기에 왜 온 거야?' 바로 그때 나이 지긋한 부인이 불편한 걸음으로 조약돌이 깔린 마당을 건너와 우리 집 현관과 가장 가까운 문을 향한다. 우리의 새로운 프랑스 이웃이로군! 오래전 추억 하나가 떠올라 기분이 좋아진다.

내 인생 처음으로 미국이 아닌 곳에서 살아보겠다고 런던으로 이주했을 때였다. 새집의 현관문을 열려는데 옆집 정원에서 한 노부인이 나에게 말을 걸었다. "나는 아만다 마틴이라고 해요." 노부인은 연륜이 묻어나는 어조로 말했다. "젊은이가 괜찮다면 친구로 지내요." 그렇게 마틴 부인은 나를 자신의 삶으로 끌어 들였고, 나는 친구를 얻었다. 그 해 100세가 된 마틴 부인에게 영국 여왕은 축하 전보를 보냈다. 마틴 부인 같은 사회적 지위에 있는 사람을 안다면 나 역시 그 사회에 속해 있다는 느낌이 든다. '동화同化'는 사는 곳에서 일종의 지위를 얻는다는 뜻이기도 하다.

나는 기대에 차서 이 새로운 프랑스 이웃을 쳐다본다. 역사는 반복되는 것처럼 보이지만 실제는 그렇지 않다는 사실을 알고 있다고 해도 기분이 조금 좋아진 느낌이다. 나는 노부인에게 다가가 문을 열어주며 "봉주르."라고 인사한다. 노부인은 나를 쳐다보지도 않고 계속 고개를 숙인 채 '탁탁' 소리를 내며 곧장 자신의 집으로 향한다. 그녀가 문을 닫자 가스 냄새가 마당까지 새어 나온다. 내 뒤에서 누군가가 말한다. "연세가 너무 많아서 외출할 때 가스레인지를 꺼야 하는 걸 잊어버리세요." 뒤돌아보니 검은색 털모자를 쓰고 피코트를 입은 청년이 뚱한 표정으로 서 있다. 외모는 도스토

예프스키가 만들어낸 듯하지만, 억양은 완벽한 미국인이다. 청년은 노부인 뒤로 닫힌 문을 가리키며 말한다. "언젠가 저 할머니가 여기로 와서 성냥불을 붙이면 새어 나온 가스 냄새만으로도 이 건물 전체가 분화구가 될 거예요."

청년은 코트 주머니에 한 손을 넣으며 말한다. "집 열쇠는 저한테 있어요."

파리에서 산다는 것

파리에서 하루 일과를 시작하는 30분의 광경은 이렇다.

매일 아침 7시에서 7시 반 사이 퀸이 노래를 부르기 시작한다. 태어난 지 고작 8개월밖에 되지 않았기 때문에 아는 단어는 없지만, 음정 연습을 하듯이 소리를 낸다. 나는 난방을 켜기 위해 침대에서 간신히 기어 나와 허겁지겁 아래층으로 내려간다. 공동주택의 프랑스인 관리자가 난방 기구를 손댄 탓에 주먹으로 쳐줘야만 12시간 연속해서 난방이 들어온다. 그런 다음 어김없이 베가스가 엉망으로 만든 주방 바닥을 청소한다. 동네 개들한테 새로 배운 몇 가지 몹쓸 장난 가운데 하나이다. 베가스를 마당으로 쫓아내고는 카망베르 치즈가 있는 곳을 눈치채지 않았는지 1분

남짓 유리창을 통해 지켜본다. 프랑스 사람들처럼 우리는 냄새 고약한 치즈를 집 밖 화분에 보관한다. 카망베르 치즈는 꽁꽁 싸매서 냉장고에 넣어도 온 집 안에 냄새를 풍길 정도로 위력적이었다. 한번은 차가운 음료수를 마시려고 냉장고 문을 열었다가 고약한 치즈 냄새 때문에 뒷걸음친 적이 있었다. 1분쯤 후에 3층에서 누군가 패닉 상태에 빠진 듯한 말투로 고함을 질렀다. "냉장고 문 닫아! 닫으라고!" 치즈 냄새 사태 때문에 우리 부부 중 한 명은 나가봐야 하는 상황에 이를 정도였다.

베가스가 카망베르 치즈를 둔 곳을 그냥 지나치면 나는 퀸이 노래를 멈추고 심하게 보채기 전에 아기 침대에서 꺼내주기 위해 위층으로 돌진한다. 계단을 오르며 〈맥도날드 아저씨네 농장〉 노래를 부른다. 농장이니까 수탉도 있겠거니 생각한다. 퀸에게 '꼬끼오' 하는 소리는 팔을 잡고 들어 올려 아기 침대에서 꺼내주겠다는 신호이다. 퀸은 침대에서 벗어나면서 정말 멋진 일이 벌어질 것처럼 까르르 웃으며 발길질을 한다. 나는 실망시키지 않으려 애쓴다. 우리는 프랑스인들이 특별히 프랑스다운 행동을 하는지 보려고 3층 창문의 커튼을 열고 어슴푸레 보이는 인근 공동주택 뒤편을 쳐다본다. 프랑스 이웃들은 자고 있다. 프랑스는 뱀파이어들의 나라이다. 오전 10시가 다 될 때까지 동네 거리에는 사람의 왕래가 없다. "야아." 퀸은 1분 남짓 공동주택을 유심히 쳐다보더니 감탄사를 내뱉고는 작고 따뜻한 팔을 흔들며 나름의 방식으로 나를 꼭 안아준다.

　그러나 이동식 탁자로 자리를 옮기면 분위기는 바뀐다. 퀸은 등이 탁자에 닿자마자 나에 대한 애정이 없어지고 타이어 교체를 기다리는 자동차경주 드라이버마냥 안달을 부린다. 기저귀를 벗겨 엉덩이를 닦아준 다음 새 기저귀를 채울 동안 퀸이 가만히 있게 하려면 지금 당장 자신의 침실에서 눈여겨볼 만한 일이 벌어진다고 생각하게끔 아주 색다른 방법을 찾아야 한다. 퀸은 절대 똑같은 속임수에 두 번 넘어가지 않는다. 오늘 아침만 해도 파리 스타일의 쓰레기봉투 댄스를 선보였다. 퀸이 심취한 정도는 아니고 재밌어하면서 쳐다봤던 댄스이다. 동네 마트에서 파는 푸른색 대형 쓰레기봉투를 움켜쥐고 머리 위로 살랑살랑 흔들면서 헤롯왕을 유혹하는 살로메처럼 엉덩이를 움직이면 된다. 퀸이 쓰레기봉투 댄스에 정신이 팔리면 봉투는 한 손에 쥐고 나머지 한 손으로 기저귀를 갈면서 계속 춤을 춘다. 댄스가 잠깐이라도 중단되면 퀸은 몸을 뒤집어 탁자에 배를 대고 옆으로 뛰어내리는 위험천만한 시도를 한다.

기저귀 갈기가 끝나면 퀸을 럭비공마냥 한쪽 팔로 안
고는 몸을 굽혀 낮은 천장을 통과하고 좁고 터무니없이 가
파른 계단을 거꾸러지듯 내려가 곧장 침실로 향한다. 그곳
에 엄마가 자고 있다. 그곳은 퀸에게 천국이다. 퀸이 두 팔
을 들고 기뻐하며 아주 신나서 발길질을 해대는 통에 나는
내 아이에게 얼마나 따분한 존재인지 다시 한 번 생각한다.
나는 준비운동 단계일 뿐이다. 이 집에서 퀸이 중요하게 생
각하는 추천 명소는 침대 시트 밖이었다가 다시 침대 시트
안으로 바뀐다.

　　애석하게도 자기 연민에 빠질 여유가 없다. 이때쯤이
면 밖에서 정말 믿기 힘든 소동이 벌어진다. 이미 어느 정
도 프랑스 견공의 권리를 인식하고 있는 베가스가 머리로
문을 두드리는 데 여념이 없다. 베가스가 다시 머리로 문을
치려는 순간 이따금 재미 삼아 문을 열면 베가스는 보드빌
vaudeville(코미디언, 가수, 댄서, 곡예사, 마술사 등이 출연하는 쇼-옮긴
이)에 나오는 코미디언처럼 주방을 가로질러 날아가 반대
편 벽에 제대로 헤딩을 한다.

프랑스식 아기 수영

아내가 〈프랑스 어린이들의 놀이 활동〉이라는 광고 책자를 넘기다가 우연히 이상한 사진을 발견했다. 책자를 들어 자세히 보니 갓난아기와 어른이 물속에서 함께 수영하는 사진이었다. 생후 6개월 된 아기에게 숨을 참고 팔을 움직여 수영장 바닥을 따라 앞으로 나아가는 법을 가르칠 수 있다는 것이 믿기지 않았지만, 책자에는 그렇게 나와 있었다. 내가 이해하는 바로는 광고에는 아기가 물을 두려워하기 전에 물과 친해지도록 하는 것이 중요하다는 설명까지 있었다. 이를 위해 엄마 배 속 온도와 같은 온도의 수영장 물에서 30분간 개인 레슨을 한다고 했다. '베베 로Bebe l'Eau'라는 이름의 회사였다.

초보 부모의 불안감을 프랑스식으로 공략한 사업이라는 인상을 받았다. 이제 막 부모가 된 사람들을 겁먹게 하는 재능이 있다면 이 업계에서 성공은 따놓은 당상이다. 초보 부모는 이성적이지 않다. 말도 되지 않는 온갖 것들을 걱정한다. 가령 현재 나는 퀸이 언제 걸음마를 배울지 걱정하고 있다. 걸을 때가 되면, 걷고 돌아다닐 정도로 잘 걸을 거라고 생각하고 싶다. 그러나 아내는 그런 생각을 하게 놔두지 않는다. 우리가 퀸의 걸음마를 걱정해야만 퀸이 걷게 될 거라고 확신한다. 하지만 나는 다 큰 어른이 네발로 기어다니는 모습을 마지막으로 본 것이 언제였는지 도무지 기억나지 않았다.

베베 로의 광고를 읽으면서 문득 나는 아무 문제 없이 수영하는 법을 배웠다는 생각이 들었다. 더구나 아기였을 때 엄마 자궁 온도와 같은 물 안에서 30분짜리 개인 레슨을 받은 적이 있었는지도 기억나지 않는다. 그러나 아내의 생각은 이미 내 생각보다 한참은 앞서 있었다. "만약 퀸이 물을 무서워해서 수영하는 법을 배우지 못하면 어떻게 할 거야? 수영장에 빠지면 또 어쩌고?"

수십 차례 전화를 한 끝에 마침내 아내는 베베 로의 담당자와 연락이 닿았다. 담당자는 몇 가지 서류를 작성해야 한다며 우편으로 보내주겠다고 했다. 조짐이 불길했고, 역시나 틀리지 않았다. 일주일 뒤 우편으로 두툼한 봉투 하나를 받았다. 요청한 서류 가운데는 퀸이 예방접종을 했다는 사실을 입증하는 프랑스 소아과 의사의 서명이 필요한 서류도 있었고, 부모에게 희귀 피부 질환이 없다는 사실을 증명하는 프랑스 가정의학과 의사의 서명이 필요한 서류도 있었다. 이런 일은 미국에서도 골칫덩어리로 여겨졌을 것이다.

아니, 그렇지 않다. 우리 아이의 목숨이 달린 일이었다.

아내는 베베 로의 회원으로 가입하는 데 점점 혈안이 되었다. 엄청난 노력이 필요한 이유는 정말 바람직한 일이기 때문이라고 했다. 퀸의 목숨을 구해줄 수 있을 뿐 아니라 재미도 있을 거라며 나를 설득했다. 엄마 자궁 속과 같은 온도의 물이 넘치는 대형 수영장에서 하는 '개인' 레슨이란다. 아내는 평범한 일상에서 벗어나 물속에서 우리 세 식구가 같이 즐겁게 수영하는 모습을 떠올렸다.

두 달 동안 서툰 프랑스어로 통화하고 여러 군데 병원을 드나든 끝에 아내는 필요한 서류를 모두 준비해서 베베 로에 보냈다. 며칠 뒤 베베 로 담당자가 전화를 했다. 우리는 개인 레슨 가입에 성공했다.

담당자가 정한 요일과 시간(일요일 꼭두새벽)에 맞춰 우리 세 식구는 택시를 탔다. 베베 로 사무실 주변은 미심쩍게도 그리 썩 좋아 보이지 않았다. 주소가 가리킨 곳에는 달랑 문 하나뿐이었고, 문 뒤로 곰팡이로 눅눅한 긴 통로가 이어졌다. 통로 끝까지 걸어가니 딱딱한 나무 의자가 일렬로 놓인 방이 나왔다. 벽에 페인트칠은 벗겨졌고, 주인 없는 책상에는 뜯지 않은 우편물이 잔뜩 쌓여 있었다. 우리는 의자에 앉아 기다렸다. 본래 단어 뜻과는 좀 다르지만, 우리는 그 방을 '독점'하고 있었다.

한 10분쯤 지났을 때 아주 멀리서 물이 튀는 소리가 들렸다. 또 다른 긴 통로 끝에서 들리는 소리였다. 통로를 따라 걸어가니 닫힌 문이 나왔다. 문을 열자 엄청난 광경이 눈에 들어왔다. 대형 자쿠지보다 그리 크지 않은 수영장에 어른 12명과 어린아이 6명이 옹색하게 들어앉아 물장난을 치고 있었다. 그 와중에 등에 선명하게 붉은 뾰루지가 난 어른 2명과 콧물을 줄줄 흘리는 몇몇 아이가 눈에 띄었다. 스노클과 수중 마스크를 착용하고 허우적거린다고밖에 할 수 없는 한 프랑스 남자가 큰 소리로 지시를 내리며 목욕용 플라스틱 장난감을 흔들고 있었다. 제정신인 사람이 길을 잃어 이곳에 들어왔다면 이렇게 물었을 것이다. "왜 이 사람들이 다 이 작은 욕조에 비집고 들어가 있는 건가요?"

나는 아내를 쳐다봤다. 아내는 눈물이 그렁그렁해서 말했다. "개인 레슨이라고 했어."

"누구세요?" 스노클을 착용한 프랑스 남자가 큰 소리로 불렀다. 우리가 누구인지 밝혔지만, 남자는 못 알아듣는 눈치였다.

"어쨌든 안으로 들어와요!" 남자가 소리쳤다.

달리 할 일이 없었다. 세 사람이 더 들어갈 공간은 없는 듯했지만, 우리는 수영장 안에 비집고 들어갔다. 그럼으로써 우리 가족은 내가 '프랑스의 별난 전문성'이라고 생각한 영역에 발을 들여놓았다. 프랑스인들은 와인, 음식, 섹스 등 온갖 고상한 주제에 대해 전문 지식을 가진 것으로 유명하다. 동시에 학식이 빈약한 분야를 '주제'로 정해서 유일한 전문가를 자처하는 데도 능하다. 뤽상부르공원Luxembourg Gardens(파리 센 강 왼쪽 지역에 있는 공원-옮긴이)에는 스윙 전문가인 여자가 있다. 우리 집 근처에는 이름 없는 인류학자의 낙서만 연구하는 동호회가 있다. 옆집 사람은 크리스토퍼 콜럼버스가 아들에게 보낸 편지에 관심 있는 사람들을 위한 모임을 운영한다.

자크 쿠스토Jacques Cousteau(잠수 장비 개발에 많은 공을 들인 프랑스의 해양 탐험가-옮긴이)가 프랑스인이라는 점은 결코 우연이 아니다. 프랑스인들은 다른 나라 사람들이 간과한 분야를 찾아내서 프랑스식으로 바꾸는 법을 알고 있다. 베베로도 그중 하나였다. 일명 '아기 잠수 분야'.

그 후 30분 동안 일어난 일의 의미는 여전히 이해가 되지 않는다. 하지만 한 가지 분명한 것도 있었다. 스노클과 수중 마스크를 착용한 프랑스 남자는 자신의 직분에 더없이 진지했다는 것. 수영장 안에 있는 다른 사람들은 신경 쓰지 않고 신규 회원에게 집중했다. 우선 삼각형 모양의 부력

장치를 퀸의 몸에 둘렀다. 퀸의 눈빛에서 공포의 표정이 나타나자 획 낚아채듯이 퀸을 잡아 물 위에 눕히더니 물살을 가르게 끌고 다녔다. 결국 퀸이 울부짖기 시작하자 우리 외동딸의 머리를 엄마 배 속과 같은 온도의 물속으로 덩크슛을 하듯이 집어넣었다. 퀸은 입 밖으로 물을 뱉어내며 필사적으로 엄마에게 다가가려 했고, 아내 역시 기를 쓰고 퀸에게 손을 내밀었다. 그러나 프랑스 남자는 이 결과에 매우 만족한 듯 보였고, 진도를 더 나가도록 다음 주에 다시 올 것인지 물었다.

그러나 이 생소한 경험에서 가장 이상한 점은 결말에 있었다. 3명뿐이라고 해도 가족 모두가 똑같은 감정을 느끼는 경우는 드물다. 하지만 베베 로에서 레슨을 마치고 돌아오던 때는 의문의 여지가 없었다. 우리는 한 순간을 함께했다. 그리고 우리 셋 모두 다 느꼈던 감정은 바로 잘 해냈다는 만족감이었다.

아빠와 함께 가는 짐보리

드물지만 내 몫의 육아를 하는 날, 파리의 분위기는 남다르게 느껴진다. 일주일에 두 번 가는 퀸의 짐보리 수업에 내가 동행하기로 한 아침은 특히 그렇다. 몇 분 만에 우유를 먹이고 서둘러 현관문을 나서며 퀸을 안은 채 택시 잡기를 시도하지만, 시간만 오래 걸리고 종종 허탕을 칠 때면 말로 하지 않은 문장 하나가 주방 벽에 울려 퍼지는 것 같다. "'내' 인생이 어떤지 이제 제대로 알게 될 거야."

사실 조금씩 하는 육아는 그렇게 나쁘지 않다. 짐보리 교실에서 나는 다시 한 번 매력적인 괴짜 대우를 받는다. 딸아이와 함께 수업에 참여하려고 반차 휴가를 낸 멋진 아빠. 아이와 함께 온 어른들의 3분의 1 정도는 보모들이고 나머지는 진짜 엄마들이다. 모두들 대낮에 한가한 성인 남자에 대해 큰 호감을 보이고, 나 역시 호감을 주려고 애쓰는 편이다. 이런저런 증거를 통해 나는 미국 남자들에 비해 프랑스 남자들이 배우자와 훨씬 가혹한 거래를 한다고 추론한다. 적어도 내가 속한 사회-경제적 계층에서 현재 유행하는 미국식 거래에 따르면 남자는 밖에 나가서 돈을 벌어 올 수 있다는 것을 증명하지 못하는 경우 아이를 돌보는 척이라도 해야 한다. 그렇다면 경제활동을 경멸하는 것으로 유명한 프랑스 남자들이 짐보리 수업 가방을 드는 일이 더 많을 것으로 생각할 수 있다. 유감스럽게도 결코 그렇지 않다. 근무 중인 척할 수 없는 주말을 제외하면 그런 일은 없다.

활짝 웃고 있는 상냥한 여자가 교실 안에 있는 9명의 아기들 가슴에 이름표부터 붙였다. 아기들 모두 다 느긋한 자세로 바닥에 앉아서는 회의에 참가한 세일즈맨처럼 서로의 이름표를 쳐다본다. 퀸은 놀이에 동참하고 싶은 마음이 없다. 출석 체크를 하려고 내려놓자 퀸은 몸을 구부렸다가 특유의 포복 자세(다리는 쭉 펴서 무릎을 바닥에서 떼고 손바닥과 발끝만 바닥에 댄다)를 취하고는 장난감이 있는 방으로 돌진한다. 잡으러 갔을 때 퀸은 보라색 위플볼Wiffle ball(구멍이 뚫려 있는 플라스틱 장난감 야구공-옮긴이)을 입에 물고는 고무로 된 계단을 절반쯤 올라가 있었다. 짐보리의 익숙한 집합 구호를 듣고 나서야 계단 오르기를 단념한다. "봉주르, 메 쁘띠 아미(안녕, 우리 아기 친구들)!"

수업을 맡은 짐보리 선생님은 마우스케티어Mouseketeer(미국 월트 디즈니의 어린이 TV 프로그램 〈미키 마우스 클럽〉에서 해당 방송 출연자로 발탁된 어린이-옮긴이)의 분위기를 풍기고, 심지어 외모도 아네트 푸니셀로Annette Funicello(미국의 영화배우 겸 가수. 마우스케티어 가운데 최고의 인기를 누렸음-옮긴이)와 흡사하다. 선생님은 '짐보'라는 이름의 커다란 봉제 인형을 들고 교실로 뛰어 들어와서는 한껏 꾸민 목소리로 아기들에게 인사한다. "봉주르, 퀸!" 퀸이 평소처럼 생떼를 부리고 짐보 인형이나 선생님의 머리를 때려서 적어도 겉보기에 호의가 넘치는 수업 분위기를 깨뜨릴까 봐 조마조마하다. 하지만 이유야 어찌되었든 간에 오늘 퀸은 얌전히 행동하고 짐보리 게임을 시작하는 준비 과정마저 즐기는 듯 보인다. 매번 수업을 시작할 때 엄마들은 아기의 겨드랑이를 잡고 걸음마 연습을 하듯 짐보 인형을 따라서 행진해야 한다. 행진 마지막에는 "위위위위위!" 하고 소리를 지르면서 아기를 짐보리 선생님 발 근처 교실 한가운데에 다른 아기들과 포개듯이 내려놓는다.

나는 짐보리가 미국 회사라고 들었다. 그러나 언제나 그렇듯이 해외에서 회사가 자리를 잡고 무질서한 시장에 질서를 도입할 수 있는 여유가 있는 곳으로 프랑스만 한 나라를 찾기 어려울 것이다. '베베 로'처럼 짐보리는 영유아 발달을 위해 세심한 기술과 과학적인 논리에 기반을 둔 단체처럼 보인다. 그러나 바로 그 이면을 살펴보면 영유아들이 등장하는 《파리대왕Lord of Flies》(영국 작가 윌리엄 골딩의 소설. 무인도에 고립되어 야만 상태로 돌아간 소년들의 모험담을 통해 인간 내면에 잠재해 있는 권력과 힘에 대한 욕망을 묘사함-옮긴이)의 상황이 펼쳐진다. 예를 들어 오늘 짐보리 선생님은 교실에서 아기들이 서로 차지하려고 싸우는 온갖 사다리, 미끄럼틀, 터널, 통,

시소에 후각을 자극하는 향신료가 채워진 밝은 색깔의 자루를 매달아놓았다. 너무 빨라서 알아듣기 힘든 프랑스어로 아기들에게 냄새와 장소를 연관 지어 생각하는 훈련이 얼마나 중요한지 설명한다. 나도 그 이유를 알고 싶었지만, 1~2분쯤 지나자 선생님이 하는 말은 놓친 채 퀸을 데리고 다음에 해야 하는 일을 알아내는 데만 온 정신을 쏟아야 할 지경이 된다. 보아하니 퀸을 교실 여기저기 마음대로 데리고 다니면서 다양한 자루의 냄새를 맡도록 유도해야 하는 것 같다. 그러나 아직까지 프루스트의 소설도 읽지 못하는 퀸은 후각 연상 놀이에 전혀 관심이 없다. 퀸의 시선은, 아무런 냄새도 풍기지 않고 한쪽 구석으로 굴러가 있는 보라색 위플볼에 꽂혀 있다.

상황이 이렇게 되니 내 아이가 자기 계발에 관심이 없다는 점을 철저하게 감춰야 하는 문제가 발생한다. 퀸의 아빠가 자신의 본분을 소홀히 하고 있는 것을 짐보리 선생님이 눈치챈다면 나에게 바로 다가와서 높고 빠른 말투로 상냥하게 말을 걸어 프랑스 엄마들에게 큰 즐거움을 선사할 것이다. 그러므로 퀸과 나는 거래를 한다. 나는 퀸이 향신료 자루는 무시한 채 사다리를 뛰는 듯이 올라가 보라색 위플볼을 쫓아 구름다리를 내려오도록 내버려둔다. 짐보리 선생님의 관심이 우리에게 쏠리면 나는 클로로포름으로 경비원을 마취시키는 은행 강도처럼 집요하게 가장 가까이 있는 자루를 집어 퀸의 코에 들이민다. 하지만 퀸은 우리의 거래를 어기고 비명을 지르며 진짜로 울음을 터뜨린다. "트레 비엥(아주 좋아요)!" 다행스럽게도 짐보리 선생님은 그냥 지나간다. 선생님이 지나갔을 때 나는 그 문제의 자루에 직접 코를 대본다. 개똥 냄새가 제대로 톡 쏜다. 도대체 어떤 종류의 실험이지? 묻고 싶지만, 역시나 묻지 않는다. 짐보리 선생님이 실험 대조군으로 자루 하나에 개똥을 채워놓았나?

프랑스의 짐보리 수업은 시작할 때와 마찬가지로 다소 무서운 단체 행동으로 마무리한다. 다시 한 번 교실 가운데에 아기들을 서로 포개듯이 내려놓는데, 덩치가 큰 아기들이 작은 아기들을 괴롭혀서 울게 만든다. 그러면 짐보리 선생님이 아기들 머리 위로 비눗방울을 분다. 아기들 모두 이 놀이를 정말 좋아해서 아주 잠깐 사이좋은 분위기가 조성된다. 그러나 바로 그 순간 짐보리 선생님은 비눗방울 놀이 순서를 마치고 알록달록한 낙하산을 끌고 온다. 아기들이 자기만의 생각이 있는지 증거를 찾고 있다면 짐보리의 낙하산 놀이만 봐도 된다. 아기들이 낙하산 위에서 서로 포개진 듯 모여 있다가 엄마들이 뜻 모를 프랑스어 노래를 하면서 교실을 빙 둘러 낙하산을 끌고 다니면 아기들은 하나같이 진지해진다. 그러다 엄마들이 짐보리 선생님을 도와 낙하산으로 텐트를 만들어 아기들 머리 위로 떨어뜨리면 순식간에 아수라장이 된다. 자신의 조그만 머리 위로 내려온 짐보리 낙하산을 피하려고 기어 다니는 아기들의 모습을 볼 수 있다. 아기들은 정작 있어야 할 곳에는 없고 순식간에 여기저기 흩어져 있다. 낙하산은 결국 맨바닥만 치고, 수업은 항상 그렇듯이 뒤죽박죽 상태에서 끝난다.

택시를 타고 집으로 돌아오는 20분은 눈물과 회복의 시간이다. 그러나 집에 도착할 때면 우리는 다시 웃을 수 있고, 아이와 오전을 함께 보내는 것을 가장 좋아하는 아빠라는 자부심도 그대로 지킬 수 있다.

엄마는 나가고 아이는 아프고

지난 수십 년 사이 어느 시점에서 미국 남성들은 미국 여성들과 협상 테이블에 마주 앉았지만, 솔직히 말하면 다 빼앗기고 빈손으로 일어섰다. 남성들이 서명한 계약서에는 아빠로서 온갖 종류의 책임이 들어갔지만, 그 대가로 기대했던 혜택은 아무것도 없었다. 아내의 더 큰 사랑을 기대할 수 없다. 이제 아내들은 남편을 신뢰할 수 없는 직원으로 생각할 만큼 힘을 얻었다. 자식들의 특별한 사랑을 기대할 수도 없다. 밥을 먹이고 기저귀를 갈아주고 엉덩이를 닦아주고 산책을 데리고 가도 궁지에 몰리면 항상 엄마를 찾는다. 사회의 존중조차 기대할 수 없다. 사회는 남자들에게 여자들과의 협상에 합의할 것을 종용했다. 유모차를 밀고 있는 남자에게 여자들이 미소를 보이겠지만, 그 미소에는 전투 한 번 없이 항복한 마을을 향하는 군 사령관의 우월감을 감춘 친절함이 담겨 있을 뿐이다. 남자들은 그저 수치심에 고개를 돌린다. 미국의 아빠들은 자신들이 베를린장벽 붕괴 이후 고르바초프와 비슷한 처지라고 생각한다. 원칙을 지키기 위해 유혈 사태 없이 권력을 이양하고 냉전의 장벽을 무너뜨리는 고귀한 행동으로 세계를 놀라게 했지만, 그를 바라보는 시선에는 주로 경멸의 느낌이 담겨 있다. 세상 사람들은 새로운 부담에 짓눌려 걸음도 제대로 걷지 못하고 한숨을 내쉬며 신음하는 고르바초프를 보며 생각한다. '아, 이 불쌍한 양반아.'

여기서 잠시 딴 이야기.

어느 날 밤 집으로 돌아와 베이비시터와 교대를 하고는 퀸의 이마에 옅은 붉은색 반점 3개가 있고 퀸 인생 최초로

열이 난다는 사실을 발견했다. 가정생활 지침서에는 아이에게 뭔가 심각하게 잘못된 점이 있다면 아내를 큰 소리를 부른 뒤 아내 곁에서 대기하며 후속 지시를 기다려야 한다고 명시되어 있다. 내가 말했듯이 미국의 아기 아빠들은 엄마의 후보 선수에 불과하다. 그러나 주전 선수인 아내는 어디에도 보이지 않았다. 처음으로 우리 아기는 오직 나만이 줄 수 있는 듯한 도움의 손길을 간절히 필요로 했다. 곧이어 또 다른 자각이 이어졌다. 마음대로 되지 않을 때마다 퀸이 제 엄마를 향해 기어가는 모습을 1년 동안 지켜보기만 했는데, 이제 나도 충분히 자격이 있다는 점을 증명할 수 있겠군.

'SOS 의료 서비스'라는 경이로운 서비스에 전화 한 통 했더니 말쑥한 차림의 프랑스 의사가 채 5분도 되지 않아 우리 집 문 앞에 도착했다. 의사가 타고 온 흰색 소형 트럭은 옆면에 십자가 표시가 있어서 예전 제1차 세계대전 때의 앰뷸런스와 흡사해 보였다. 단연코 내가 만나본 가장 믿음직스러운 의사였다. 의심할 만한 구석이 조금도 없었다. 아픈 아기를 치료하는 일은 아픈 사람보다는 아픈 개를 치료하는 것과 비슷하다. 아기는 어디가 아픈지 말을 하지 못하기 때문이다. 이 프랑스 의사에게는 그런 점이 전혀 방해가 되지 않았다. 의사는 거침없이 집 안으로 들어와서는 소파

위에서 방그레 웃는 퀸을 보더니 병명을 알겠다는 듯 미소 지으며 말했다. "바리셀르."

수두였다. 4.5m 정도 떨어진 곳에서 병명을 진단한 의사는 울며 보채는 환자를 3분 정도 더 진찰했다. 수두 외에 귀와 목에 염증이 있고, 이미 나도 알고 있는 열도 있으며, 별도로 사소한 장애 두어 가지가 있다고 진단했다. 의사는 병을 찾아내는 데 아주 탁월한 능력을 보여서 퀸에게 페스트 등 다른 질병이 있는지도 찾을 수 있겠다 생각했지만, 진찰 과정이 아주 신속하고 확신에 차 있어서 어떤 질문을 하는 것도 불가능했다. 진찰을 끝낸 의사는 주방 식탁에 앉아서 전혀 알아볼 수 없는 2장 분량의 처방전을 썼고, 처방전약을 몇 번만 복용하면 훨씬 나아질 거라고 말했다. 병명을 진단하고 처방전을 쓰기까지 약 15분이 걸렸고 비용은 40달러가 채 들지 않았다. '비브 라 프랑스(프랑스 만세)!'

파리에서 사고 싶은 모든 것은 항상 길 건너에 있는 듯하다. 처방전을 들고 퀸과 함께 길 건너 약국에 가서 커다란 비닐 봉투 한가득 약을 사 왔다. 그런 다음 지금까지는 공개하지 않았던 환상적인 육아 기술로 퀸을 달래서 처방 약몇 알을 삼키게 했다.

이 모든 게 더할 나위 없이 짜릿했다. 단순히 아이를 치료하는 눈에 보이는 즐거움 때문만이 아니다. 힘의 기운이 감돌았다. 간만에 아빠 노릇을 했다. 알 헤이그Al Haig(작고한 미국의 재즈 피아니스트-옮긴이)의 쇼 타임. 이 구역의 책임자는 바로 나였다.

그때 아내가 집으로 들어왔다.

"무슨 일이야?"

있었던 일을 전부 말해줬더니 아내는 나처럼 눈물을 글썽거렸다. 눈물의 의미를 오해한 나는 더없이 만족스러운 기분이었다. 아내가 감동했다고 생각했다. 우리 아이의 인생에서 이렇게 중요한 순간, 마음의 안정을 얻으려고 자연스럽게 엄마를 찾으려 할 때 엄마는 외출해서 연락이 닿지 않았다. 벤치 구석에 있다가 경기 종료를 불과 몇 초 남기지 않은 상황에서 경기에 투입되어 마지막 슛을 쏘라는 지시를 받은 셈이다. 내 슛은 림을 가른 것이다.

나는 커튼콜 같은 반응이 있을 거라 확신하며 기다렸다. 그러나 정적만이 흘렀다. 아내의 표정에서 그녀가 단순히 당황한 것만이 아니라는 점을 알아챘다. 아내는 짜증이 난 상태였다. 싱크대로 걸어간 아내는 더러운 접시를 소리나게 놓았다. 누구에게 짜증이 난 걸까? 만약 아내가 누구에게 화가 났는지 모른다면 그건 바로 나 때문이라는 중요한 진실은 간과한 채 나는 이상하다고 생각했다. 포커 테이블에 앉은 바보에 관한 규칙(저자가 쓴《라이어스 포커》에 나오는 것으로 '시장에는 계속 또 다른 바보가 나타난다'는 규칙을 이야기한다-옮긴이)에 버금가는 그 중요한 진실을 생각지도 못하다니.

"왜 그렇게 화가 났어?" 나는 물었다. "최악의 상황은 지났어. 다 처리했어."

"내가 집에 있어야 했는데……."

"아니, 왜?"

"집에 있었으면 이것저것 물어봤을 텐데."

그 순간 내 질문들은 적절치 않았다. 아내가 어떻게 알았지? 아내는 몇 번 더 접시를 소리 나게 놓더니 말했다. "의사한테 왜 이 약 전부가 다 있어야 하는지 이유를 물어봤어?"

"어, 아니." 물론 나는 묻지 않았다. 상대가 의사였으니까.

"만약 수두라면 왜 전에도 이 붉은 반점이 있었는지 물어봤어?"

"그랬어?"

"왜 붉은 반점이 얼굴에만 있는지는 물어봤고?"

비디오 판독 결과 내가 쏜 3점 슛은 무효가 되었고, 팀은 패배했으며, 나는 다시 벤치 구석으로 밀려났다. 진정 자식을 생각하는 부모라면 물어봤을 질문에 대해 나는 한 가지도 대답할 수 없었다. "의사 말로는 내일이면 반점이 다른 곳으로 번질 거래." 나는 아내가 묻지도 않은 말에 답했다.

"다른 의사한테 진찰받아야겠어." 아내는 그렇게 말한 뒤 퀸을 품에 꼭 안고는 남편이 따라오는 게 싫을 때 아내들이 갈 만한 곳으로 나가버렸다. 아내와 퀸이 자리를 뜨자 나는 재빨리 그리고 처음으로 복용 설명서를 읽었다. 처음 두 가지의 약병에는 '6세 이하 어린이 복용 금지'라는 섬뜩한 문구가 있었다. 수두 치료 연고가 들어 있다고 생각한 약병은 자세히 살펴보니 인후염 스프레이였다. 40달러나 들여 집으로 오게 한 프랑스 의사가 수두가 난 곳에 발라주라고 했던 액체는 스프레이 타입이 아니었고, 크레이지 글루Krazy Glue 같은 접착제가 없다면 어떤 곳에도 바를 수 없는 이상한 분말이었다. 우리 아이는 아빠와 단둘이 남겨진다면 생존 가능성이 없었다.

다음 날이 되자 붉은 반점은 다른 곳으로 번지지 않았고, 열도 조금 내렸다. 하루가 더 지났을 때 열은 완전히 내렸고, 붉은 반점은 흐려지더니 흔적도 없어졌다. 내 생각에는 아주 좋은 신호였다. 퀸이 나았으니까. 아니, 내가 퀸을 낫게 했으니까. 드물지만 가벼운 수두 증상의 경우 온몸으로 퍼지지 않는다고 프랑스 의사가 말했었는데, 바로 퀸의 경우가 그랬다. 그러나 아내 생각에는 의사가 오진을 하는 바람에 우리 아기가 여태까지 확진되지 않은 어떤 다른 병을 앓게 될 거라는 불길한 징조였다.

부모의 언어는 암호로 되어 있다. 아내가 남편에게 "아이를 병원에 데려가고 싶어."라고 말하면 실제로는 "'우리 모두' 병원에 갈 거야. 단 한마디 불평이라도 중얼거린다면 사랑할 능력이 없는 인간이라는 사실을 스스로 입증하게 되는 셈이야."라고 말하는 것이다. 엄마의 걱정은 대적할 수 없는 자연의 힘 가운데 하나이다.

우리는 바로 택시를 잡고 병원을 찾아 나섰다. 그렇게 병원을 찾아서 장난감이 빼곡한 작은 대기실에 앉았다. 퀸은 장난감에 관심을 보이지 않고 언제나 그랬듯이 제 엄마에게 찰싹 달라붙어 있었다. 20분 뒤 말끔한 차림새를 한 의사가 인사를 했다. 며칠 전 집으로 왔던 의사보다 훨씬 자신에 찬 모습이었다. 의사는 퀸을 한번 보더니 크게 웃으면서 말했다. "수두가 아닙니다."

아내는 기뻐 보였다. "그러면 이건 뭔가요?" 나는 퀸의 이마에서 희미한 반점을 가리키며 물었다.

"벌레 물린 자국이오." 의사가 말했다.

나는 의사에게 스프레이 약을 건네며 지난번 의사가 수두 난 곳에 이 약을 발라주라고 한 이유를 물었다.

"모르겠네요. 이건 인후염 스프레이인데요. 누가 따님이 수두라고 했습니까?"

나는 자초지종을 설명하며 2장짜리 처방전을 건넸다. 공교롭게도 맨 위에는 처방전을 쓴 의사 이름이 있었는데, 그 때문에 더 큰 웃음만 터져 나왔다. "닥터 D라." 의사는 말했다. "소아과 약은 모르는 의사예요."

"누군지 아세요?"

"골프 파트너거든요." 의사는 여전히 웃었다. 하루 종일 들었던 농담 중 가장 재미있다고 했다.

"골프는 잘 치나요?"

"아주 잘 칩니다! 의사로 일하는 시간은 거의 없거든요."

집으로 돌아오는 차 안에서 우리 가족의 기분은 더할 나위 없이 좋았다. 퀸은 병이 나았다. 아니 나은 거나 다름없었다. 그리고 어쨌든 제 엄마에게 착 달라붙어 있었다. 나는 벤치 구석으로 돌아왔다. 내 아이의 생존에 매우 중대한 문제를 처리하지 못한 무능함을 만천하에 드러냈지만, 나는 다시 한 번 충분히 사랑받았다. 자연계의 질서는 어느 정도 복구되었다.

딕시

DIXIE

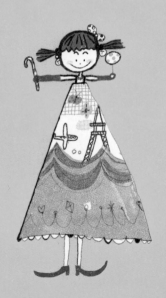

아내의 진통이 시작될 때 나의 가장 큰 목표는 술에 취하지 않은 맨 정신을 유지하는 일이었다. 첫아이가 태어날 때 나는 책을 마무리하려고 서두르는 중이었다. 책 쓰는 일과 아빠 노릇을 병행하는 일이 불가능할 거라는 내 예측은 정확히 맞았다. 나는 아이가 태어나기 전에 원고를 마무리하려고 저녁 식사 후 커피를 몇 잔씩 마셔가며 밤새 일했다. 새벽 4시쯤 일을 마치면 녹초가 되어 싸구려 와인을 마셨다. 아내의 양수가 터졌을 때는 그저 그런 맛의 샤르도네 Chardonnay(쓴맛이 나는 백포도주-옮긴이)를 석 잔째 따르던 참이었다. 결국 나는 시속 8km의 속도로 간신히 운전해서 아내를 데리고 병원에 간 뒤 아내의 분만실 침대에서 기절하는 다소 극적인 상황을 연출했다. 간신히 때맞춰 정신을 차린 덕분에 우리 부부의 첫아이 퀸 타룰라 루이스가 태어나는 장면은 직접 봤지만, 걱정했던 바대로 안 좋은 인상을 남겼다. 지난 2년 11개월 동안 나는 '우리 아이가 태어났을 때 내 남편은 술에 취해 있었어요!'라는 이야기에서 악역을 맡았다. 이번에는 더 잘할 것이라고 다짐했다. 마지막 기회였다.

내 기억으로 아내가 기분이 이상하다고 말한 때는 월요일 칵테일 아워(저녁 식사 전인 오후 5시에서 8시 사이-옮긴이) 바로 전이었다. 한 시간 뒤 우리는 출산 대기자 명단에 올랐다. 다시 한 시간 뒤에는 분만실을 조금씩 양보해준 다른 산모들의 배려에 부응하는 수준까지 아내의 진통을 촉진시키려고 병원 복도를 왔다 갔다 했다. 어렴풋한 기억 속에서 이 병원이 생각났다. 포도 주스, 부순 얼음, 딸기 맛 아이스캔디를 구비해 놓은 비밀 주방이 희미하게 기억났다. 속임수를 써서 개인 회복실을 얻는 방법도 얼핏 떠올랐다. 학창 시절 내내 파티만 쫓아다니다 동창회 날 다시 학교를 찾았을 때 동창들이 과거 내 모습을 잊어버렸기를 바라는 졸업생이 된 듯한 기분이었다. 내가 확실히 아는 한 가지는 차를 타고 다시 돌아가 집처럼 친숙한 공간에서 진통을 견딜 것인지 아니면 지금 입원할 것인지를 물었을 때 당장 입원해야 한다는 것뿐이었다. 입원 수속을 마친 뒤 아내의 병상 옆 의자에 자리를 잡고 간호사들이 9개나 되는 튜브와 선을 아내의 몸과 여러 기계 사이에 연결하는 모습을 지켜봤다. 마취제 링거, 항생제 링거, 체온계, 혈압계, 산소마스크, 산모와 태아용 심장 모니터 빼고 다 모르는 기계들이었다.

그러고 나서 아무 일도 없었다. 그 뒤 10시간 동안 우리 부부는 기대에 찬 표정으로 앉아 있었다. 마치 제2차 세계대전을 다룬 영화 속 전투 장면에서 마지막으로 일본군이 정글을 뚫고 돌진해 오기를 기다리는 엑스트라 배우들 같았다. 여자의 관점에서 '산고'는 정말 딱 맞는 이름이다. 남자의 관점에서 보면 '대기'라고 불러야 한다. 아내가 진통을 시작하면 남편은 대기 상태에 들어간다.

진통 중인 산모는 상반된 증거가 아무리 많다고 해도 침대 옆에서 대기하고 있는 남편의 모든 관심은 자신에게 향하고 있다는 것, 그 정도는 믿어줘야 한다. 물론 그렇게 하는 것은 불가능하고, 대기 중인 남편은 자신의 관심거리를 위장하는 정도의 요령은 피운다. 화장실을 가는 척하며 포도 주스를 사가지고 오는 법을 터득한다. 배가 고프면 아내가 깜빡 잠들 때까지 기다렸다가 살짝 빠져나와 병원 내 자판기에서 저녁거리로 링딩스Ring Dings(초코파이와 비슷한 과자-옮긴이)와 나초 치즈 도리토스Nacho Cheese Doritos(콘칩과 비슷한 과자-옮긴이)를 구입한다. 때로 남모르는 고통을 겪고 있을 때 병원 직원 한 명이 다가와 다정하게 물어볼 것이다. "그래서 아기 아빠는 기분이 어떠세요?" 하지만 산모 남편의 기분이 어떤지 진짜로 걱정하는 사람은 하나도 없다는 사실을 이해해야 한다. 남편은 자신의 피곤함, 걱정거리, 지루함, 병원 자판기에서 판매하는 물품에 대한 실망감 등은 언급하지 않는 편이 좋다. 무엇보다도 완벽하게 헌신하는 모습의 가면이 한순간이라도 벗겨진다면 당장 모든 걸 들키고 말 것이라는 사실을 명심해야 한다.

"지금 뭔가 맛있는 걸 드시고 싶지 않으세요?"

(얼굴에 쓴 '천연' 산소마스크 때문에 분명치 않은 목소리로) "전혀 그러고 싶은 마음이 없군요."

"병원 자판기에 링딩스 같은 과자류가 있거든요. 겉이 바닐라로 덮인 종류로 말이지요."

나무라듯 뚫어지게 쳐다보는 시선. "대단하세요." 잠깐 쉬었다 이어지는 포기한 듯한 말투. "뭘 좀 먹고 싶으면 나가서 먹고 오세요."

진통이 시작되고 길고 지루했던 14시간이 지나서야 태아가 출구를 향해 돌진했다. 그러다가 움직임을 멈췄다. 당직 의사는 손으로 산도를 잠깐 만져보더니 장갑을 벗고 눈을 똥그랗게 떴다.

이어 다른 의사가 나타났다. 때맞춰 휴가에서 돌아온 아내의 담당 의사였다. 아마도 캘리포니아 주 버클리에서 가장 산부인과 의사답지 않은 인물일 것이다. 그는 신성불가침의 영역으로 여기는 환자들의 일시적인 기분을 믿지 않는다. 미신도 싫어한다. 현대 과학의 힘을 신봉한다. 그가 믿고 있는, 분만의 고통을 견디는 최고의 방법은 소리 지르는 산파들에 둘러싸여 숲속 침상에 누워 있는 것이 아니라 병원 침대에 누워 허리 아래 감각을 일시적으로 마비시키는 것이다. 간단히 말해 이 의사는 나와 비슷한 부류이다. 이 의사한테서 가장 마음에 드는 점은 무지로 인한 두려움을 아주 경멸하듯이 묵살해서 두려움을 즉시 사라지게 만든다는 것이다. 담당 의사가 곁에 있을 때 아내는 그녀 자신보다 유능한 사람의 손에 자신을 맡기고 있다고 느낀다. 아내 입장에서는 이례적인 일이다.

의사들이 늘 하던 대로 아내의 담당 의사는 당직 의사로부터 상황 정보를 수집했다. 두 의사는 그들의 필적만큼이나 알기 쉬운 영어로 2분 정도 대화했다. 어느 순간 내 역할은 무슨 일이 벌어지고 있는지 파악하는 거라는 생각이 들었다.

"무슨 일이 있나요?" 내가 물었다.

"태아가 얼굴부터 먼저 나오려고 하네요." 당직 의사가 말했다.

"그러면 좋지 않은 건가요?"

"적합한 방식은 아니지요." 아내의 담당 의사가 말했다. 그는 불편한 기색을 감추지 않았다.

"태아의 얼굴 방향을 바꿀 수가 없어서요." 당직 의사가 말했다.

두 의사는 '제왕절개'라는 단어를 입 밖으로 내지 않고도 제왕절개 계획을 충분히 전달했다. 담당 의사가 자신이 할 수 있는 것을 찾는 동안 나는 아내를 향해 몸을 굽히고는 살로몬 브라더스Salomon Brothers(미국의 투자은행. 주택 담보 모기지 채권을 판매하며 급성장했다가 1991년 서류 조작 문제가 드러나면서 트래블러스 그룹에 인수됨-옮긴이)를 통해 매입한 채권을 되팔려고 몇 년간 애썼던 것처럼 아내에게 제왕절개의 장점을 일일이 설명했다. 아내는 고개를 끄덕이며 동의하는 듯했지만 눈물이 그렁그렁했다. 담당 의사와 당직 의사는 아내의 걱정을 눈치채서 신뢰감을 줬고, 아내의 걱정에 적절히 대응을 해서 더 큰 신뢰감을 줬다. 앞으로 일이 어떻게 되는지 알아채기도 전에 담당 의사는 한 쌍의 대형 흡입 컵을 양손에 하나씩 당당하게 들어 보였다.

"태아를 밖으로 끌어당겨볼까 합니다." 아까와는 다른 어조로 담당 의사가 말했다. 그는 더 이상 의사가 아니었다. 깊은 바다에서 작업하는 어부였다. 대형 모터보트 뒤에 앉아 한 손에 맥주를 들고 마시면서 다른 한 손으로는 대형 참치 어망을 끌어당기는 어부들 중 하나였다.

베개를 베고 있던 아내가 갑자기 머리를 들며 말했다. "아기가 위험해지는 거라면 차라리 제왕절개를 하겠어요."

"타비타 산모, 이런 젠장." 의사는 고개를 절레절레 흔들었고, 속으로 하려는 말을 나에게 하는 듯했다. "산모의 사고방식이 참 마음에 들어. 내가 하려는 일이 아기를 위험에 빠뜨린다니……."

10분 후, 나는 여전히 이해하지 못하고 있는데 어떤 기적이 일어났다. 의사는 여자 아기를 세상 밖으로 끌어당기고 있었던 것이다. 아내와 눈이 마주쳤을 때 나도 모르게 나오던 기쁨의 눈물은 순간의 감정에 불과하다는 건 경험으로 알았다. 더 이해하기 힘든 감정이 곧 이어질 거라는 사실도.

낌새를 알아챈 첫째를 설득하기

환자가 회복하기에 가장 적합하지 않은 곳이 병원이다. 성치 않은 걸음으로 분만실에서 회복실로 이동했을 때, 아내는 내가 다 눈물이 날 정도로 정성껏 간호를 받던 입장에서 귀찮은 존재로 전락한 처지가 되었다. 병원 산부인과 병동에서 일하는 사람들은 엄마가 된 환자들에게 어떤 특별한 감정이 있다고 생각할 텐데, 그건 잘못 생각하는 것이다. 일부 직원들은 산부인과 병동 업무를 열심히 수행하고, 몇몇은 분명 즐거운 마음으로 한다. 그러나 엄청나게 많은 수의 직원들이 출산으로 신경이 날카로운 산모에게 화를 내는 듯하다. 산모가 무언가 요청을 하기 전에 다시 한 번 생각하도록 20분마다 한 번씩 환자용 변기로 병실 문을 쿵쿵 찧고, 밤새도록 복도에서 큰 소리로 말하며, 산모의 정중한 요구 사항을 무시하고, 대체로 소비에트연방 시절 국경 수비대를 연상시키는 온정과 매력을 발산한다. 창백한 얼굴에 몸은 녹초가 되어버린 아내를 두고 깊게 한숨을 내쉬며 누군가 이렇게 말할 것 같았다. "오, 대단해. 지긋지긋하게 신생아가 또 들어왔어." 병원의 합당한 전략이라고도 할 수 있지만, 분명 회복실의 분위기는 필요 이상으로 오래 머물고 싶은 마음이 들게 하지 않는다. 산모는, 병원이 산모를 사망에 이르게 하지 않았음을 법적으로 입증하는 데 필요한 자료를 모으기에 충분한 기간만큼만 회복실에 머물 뿐이다.

아무튼 지난번 퀸이 태어났을 때 내가 한 일은 뻔했다. 아내의 병원 침대 옆 의자에 몸을 웅크리고 앉아서 병원 직원들로부터 아내를 보호하고 퀸이 암시장에 매매되지 않도록 30분마다 신생아실로 뛰어 내려가 보는 것. 이번에는 다르다. 나는 자유롭게 움직일 수 있다. 사실 움직이는 일은 나의 의무이기도 하다. 기본적으로 나는 지금 가족의 화목을 책임지고 있다. 말하자면 집에서 퀸을 데리고 병원으로 와서 약속한 것처럼 퀸의 인생은 지금이 그 어느 때보다 훨씬 더 좋다는 사실을 증명해야 한다.

지난 몇 개월 아내는 우리가 보기에 기막히게 효과적인 선전 캠페인을 생각해냈다. 생후 30개월 퀸에게 딕시가 태어나고 그로 인해 부모의 관심이 줄어드는 것이 실제는 좋은 일이라는 점을 세뇌시키는 캠페인. 닥터 수스Dr. Seuss(미국 어린이 동화책의 고전인《닥터 수스》시리즈의 저자-옮긴이)의 동화책 대신《나는 언니야! 쉿, 아기를 깨우면 안 돼!I'm a Big Sister! and Hush, Don't Wake the Baby!》라는 책을 읽어줬다. 퀸은 매일 밤 엄마의 부푼 배에 머리를 대고 가상의 동생과 달콤한 대화를 나눴다. 몇 주 전에는 퀸을 병원에 데리고 가서 동생이 태어나는 상황을 자세하게 설명해줬고, 동생이 생기는 게 모두에게 좋은 일이라고 생각하도록 병원 자판기에서 초콜릿 도넛을 사 줬다.

병원에서 집으로 돌아왔더니 퀸은 평소와 다름없이 즐거워 보였다. "아빠!" 베이비시터로부터 벗어난 퀸은 내 품 안으로 달려들며 외쳤다. 그러더니 뭔가 빠졌다는 생각이 든 모양이었다. "엄마는?" 퀸이 물었다.

"엄마가 아기를 낳았어!" 나는 대답했다. "여동생이야! 퀸이 언니가 되었지!"

"그런데 엄마는 어디 있어?" 퀸은 더 이상 행복하고 사랑스러운 아이가 아니었다. 파면당한 개인 상해 전문 변호사였다.

"엄마는 병원에 있어. 딕시랑 같이!"

"옛날 가족으로 돌아갔으면 좋겠어." 퀸이 말했다.

"그렇지만 이제는 가족이 더 많아졌잖아. 딕시도 있고."

"딕시 싫어." 그러더니 소리를 지르고 이를 앙 물었다.

시작부터 앞날이 깜깜했다. 이 상황에서 숙제를 하지 않은, 준비되지 않은 아빠는 바보 같은 말을 할 것이다. "그렇게 말하면 못쓰지." 혹은 "아니야, 넌 딕시를 미워하지 않아.

딕시를 사랑하잖아. 여동생이니까." 그렇지만 나는 아내가
밑줄 그어 이메일로 보내준 육아법을 읽었고, 아내가 매주
참석한 육아 강의에서 배운 많은 내용을 귀 기울여 들었으
며, 냉장고에 붙여놓은 효과적인 육아 만화도 신경 써서 봤
다. 더 이상 퀸에게 원칙을 강요해서는 안 된다는 점을 이해
했다. 내가 할 일은 퀸의 감정을 있는 그대로 인정하는 것이
었다.

"딕시가 엄마를 멀리 데려갈까 봐 딕시가 싫은 거구나."
내가 말했다.

"응."

"응." 나는 퀸을 따라 말했다. 그러고는 말문이 막혔다.
뭐라고 말할지 생각이 나지 않았다. 머릿속에 생각나는 건
이런 말뿐이었다. '딕시가 미운 게 당연해. 엄마를 데려갔으
니까. 내가 너였어도 딕시가 미웠을 거다.' 그러나 사실은 퀸
이 상황을 제대로 보고 있다는 사실에 마음 한구석이 뿌듯
했다. 자신의 지적재산권이 침해된 상황. 자유 시장에서 살
아갈 퀸의 앞날이 밝아 보였다.

육아 책에서는 첫 번째 수로 심리적인 항복을 얻지 못했
을 때 다음에는 어떤 수를 내야 할지 알려주지 않는다. 나에
게 유리한 점은 나이 어린 퀸이 논리에는 관심이 없다는 사

실뿐이었다.

"그래서 딕시를 보러 가고 싶지?" 내가 물었다.

"병원에?"

"병원에."

퀸은 생각해보더니 말했다. "초콜릿 도넛 먹을 수 있어?"

병원 방문은 아주 순조로웠다. 초콜릿 도넛 덕분에 딕시와 퀸이 평화 협상 1라운드를 시작하는 데 필요한 시간을 벌 수 있었다. 그러나 그날 밤 퀸을 재우려고 하는데 뭔가 평소와는 많이 달랐다. 우선 퀸은 머리는 침대 발치에, 발은 침대 머리 쪽에 두겠다고 고집을 부렸다. 또한 보통 책두 권을 읽어주고 이야기 하나를 들려주는데, 책 세 권을 읽어주고 이야기 두 개를 들려달라고 떼를 썼다. 마지막으로 전등 스위치를 내릴 때 이렇게 말했다. "있잖아, 뽀뽀해주는거 잊었어." 그래서 뽀뽀해줬더니 "뽀뽀 한 번에 화난 게 다 없어지는 건 아니야."라고 말했다. "잘 자, 아빠." 이제껏 들어보지 못한 목소리였다. 어른 같은 섬뜩한 목소리.

한 시간쯤 뒤 갑자기 퀸의 방에서 시끄러운 소리가 들렸다. 아직도 잠을 자지 않고 방바닥에서 분풀이를 하듯이 뭔가를 만지작거리고 있었다. 할머니가 주신 가족 앨범이었다. 지난 1년간 즐거움을 주었던 가족 앨범을 한 장씩 찢더니 방 전체에 뿌려버렸다.

1+1: 둘을 키운다는 것

초보 부모를 위한 이런저런 글을 참으며 읽다가, 그 잠재
적 고통을 포착하는 데 근접한 내용을 하나 찾았다. 주간지
⟨뉴요커The New Yorker⟩의 존 시브룩John Seabrook 기자가 퍼버
라는 이름의 남성을 취재한 기사였다. 퍼버는 아기를 재우
는 냉혹한 훈련법의 토대가 된 연구를 한 인물이었다. 내가
기억하기로 시브룩 부부는 갓 태어난 아기가 밤새도록 울
며 보채는 통에 끔찍한 상황을 겪고 있었다. 수면 부족으로
지칠 대로 지친 부부는 그들의 갓난아기를 '퍼버화'하기로
했다. 그 말은 곧 옆방에 있는 아기가 숨넘어갈 듯이 점점 더
큰 소리로 울어도 부부는 문을 닫아버린 채 상대방을 꼭 붙
들어야 한다는 의미였다. 퍼버의 방식을 신봉하는 극단주
의자들은 아기가 스스로 잠드는 법을 배우도록 내버려둬야
한다고 생각한다. 불쌍한 아기가 너무 놀라서 토할 지경에
이르더라도 말이다. 어떤 책은 아기 침대가 엉망이 되지 않
도록 비닐 시트를 깔아두라고까지 조언한다. 시브룩 기자
는 이런 극단적인 방법을 시도하기 전에 퍼버를 찾아 나서

기로 했다. 퍼버를 찾았을 때 퍼버 역시 자신의 견해를 철회했다는 사실을 알게 되었다. 퍼버는 자신의 초기 연구에 대해 더 이상 확신하지 않았다. 수많은 아기들이 이론도 없이 고문에 가까운 고통을 받고 있었다.

설령 이론이 있다고 해도 이론에 따라 행동할 수는 없다. 아기를 혼자 침대에서 울게 놔두는 것은 잔인한 일이다. 연쇄살인범을 동정하는 것이나 다름없다. 지금 우리 부부의 생활 패턴은 3년 전 퀸이 태어났던 때로 되돌아갔다. 이번에는 퀸도 있기 때문에 상황이 더 좋지 않다. 우리 세 가족 사이에서 간단하게 '아기'라고 부르는 딕시는 저녁 7시부터 아침 7시까지 한 시간마다 깨어나 퀸에게 경각심을 불러일으킬 만큼 크게 울어댄다. 퀸은 밤 11시, 새벽 1시, 3시, 5시 반에 깨어나서는 매번 길 건너 사는 이웃이 섬뜩하게 느낄 정도로 공포 영화에서 들을 법한 비명 소리를 지른다.

혼자서 두 아이를 상대해야 한다면 제 역할을 할 수 있는 방법이 없기 때문에 우리 부부는 가족을 둘로 나눴다. 나는 퀸을 데리고 아래층에서, 아내는 딕시와 함께 위층에서 자기로 한다. 편안한 밤이면 함께 저녁 식사를 한다. 기본적으로 우리 부부는 각자 싱글맘, 싱글대디이다. 계산해보니 아내는 매일 밤 평균 3시간을 자는데, 그것도 45분씩 쪼개서 잔다. 나는 그보다 많은 5시간 정도를 자니깐 만족해야 하겠지만, 실은 화가 치민다. 오랫동안 제대로 잠을 자지 못했을 때 나타나는 증상이다. 어쨌든 나는 화가 치밀어 오르고, 아내는 점점 마음이 울적해진다.

내가 이 일기를 쓰겠다고 결심한 데는 두 가지 이유가 있었다. 우선은 딕시에 관한 기록을 글로 남기고 싶어서였다. 둘째 아이로서 부모의 기억에서 흐릿해질 가능성이 있고, 원고를 내놓으라며 숨통을 조르듯 감시하는 편집자가 없다면 수고스럽게 딕시의 출생을 기록하지 않을 거라는 사실도 알고 있었다. 다른 이유는 부모가 되는 경험의 유쾌하지 않은 부분을 미화하는 경향이 여기저기서 보였기 때문이다. 거기에는 아이에 대해 불평하는 일은 보기 좋지 않을 뿐더러 불평할 내용이 있다는 점을 잊으려는 본능적인 성향이 한몫을 했다. 그러나 불평할 만한 일은 엄연히 존재한다. 적어도 내 경험으로는 아기가 태어나고 몇 주가 지나면 아기가 엄마 자궁 속에 있다가 세상에 나올 때 견뎌낸 일을 두고 꼭 누군가는 그 대가를 치러야 하는 것 같다.

예를 들어 지금 나의 일과는 예전 같으면 자고 있었을 때에 시작하는 느낌이다. 밤 11시, 그다음은 새벽 1시, 3시, 5시 반에 잠에서 깨어나 침대에 거미는 없다고 퀸을 안심시킨다. 어쨌든 푹 자고 일어난 퀸은 아침 7시면 완전히 잠에서 깨어나 목청껏 소리 높여 제 엄마를 부른다. 영화 〈록키〉에서 챔피언 아폴로 크리드를 상대로 만신창이가 된 채 12라운드에 들어가는 주인공처럼 나는 퀸과 제대로 몸싸움을 하면서 퀸이 입기 싫어하는 옷을 억지로 입힌 다음 여전히 빽빽거리는 퀸을 데리고 나와 사무실에 가서 먹기 싫다는 퀸에게 아침을 먹인다. 퀸은 초콜릿을 달라고 조르고, 나는 과일이 담긴 접시를 내민다. 우리는 협상 테이블 양쪽에서 한바탕 성질을 부린 끝에 에고 와플Eggo waffle(미국 켈로그 사에서 만든 인스턴트 와플-옮긴이)을 먹는 것으로 타협한다. 9시경 퀸을 학교에 데려다주고 잠깐 자기만족에 빠진다. 엄청나게 혼란스러운 상황을 남자답게 잘 처리하고 있고, 아내가 더 고생하는 것을 막고 있다고. 나는 다른 사람들의 목숨을 구하기 위해 수류탄 위에 몸을 던진 훌륭한 군인이다.

하지만 집에 도착해서 울고 있는 아내를 보는 순간 이런 낙관적인 생각은 사라진다. 내 속마음을 숨기려고 애쓰지만 아내는 알아채기 일쑤고, 그럴 때면 가슴 아픈 말을 한다. "이 모든 걸 나 혼자 겪고 있는 느낌이야." "얼마나 더 견딜 수 있을지 모르겠어." 아내의 모든 말은 우리가 안고 있는 육아 부담에서 내가 내 몫 이상을 하고 있다는 나의 생각을 깔끔하게 묵살시킨다. 사실은 영웅이 아니라 병역 기피자이자 참패한 아빠라는 점만 분명해질 뿐이다. 사기가 꺾인 나는 사무실로 후퇴해서 가족을 부양하지도 못하는 일을 하느라 몇 시간 애쓰다가 퀸을 학교에서 데려온다.

이런 일상이 6일째 되는 날이면 나는 조준이 맞지 않는 권총처럼 우발적으로 행동하고 신경이 노출된 것처럼 날카로워진다. 며칠 전에는 퀸을 차에 태워 집에 돌아오는 길에 한 여성 운전자가 모는 스테이션왜건이 내 차 앞으로 끼어들자 차량 앞유리에 대고 신경질적으로 소리쳤다. "이런, 제기랄! 아줌마, 뭐하는 거야?"

"아빠, 왜 '퍽큐'라고 했어?" 뒷좌석에서 질문이 나왔다.

"아아." 순간 정지. "그런 말 안 했는데."

"아줌마가 '퍽큐'야?"

"멋지다고 한 거야. '펑키한' 아줌마라고 했지."

"아빠는 '퍽큐!' 이랬어."

솔직히 죄책감이 드는 일이지만, 집에 오면 유급 도우미가 있고 다시 내 일을 하기 위해 유급 도우미를 이용하기도 한다. 하지만 사실은 대개 저녁 식사 때까지 하루의 피로를 작은 공만 한 크기로 줄이고, 그마저 완전히 던져버리는 게 내 일이다. 저녁 식사가 끝나면 나는 퀸을 재우고 아내는 아기에게 21,000번째 젖을 먹인다. 그런 다음 쳇바퀴 돌듯 일상은 다시 시작된다.

이 모든 일은 곧 지나갈 것이고 우리 가족은 멋진 삶의 균형을 새롭게 되찾을 것이다. 사랑하고 사랑받을 사람이 당장 한 명 더 늘어났으니 우리는 감정적으로 한층 더 예민해질 것이다. 그러나 지금 당장은 주로 자기 연민에 빠져 있다.

누군가 새 식구를 받아들이는 인간적이며 경제적인 방법을 내놓았을 거라고 생각할 수 있을 것이다. 누가 만들어내든지 간에 분명 수십억의 사람들이 기다리고 있다. 지금으로서는 세 가지 방식이 있지만, 모두 충분치는 않다. 밤에 제대로 잘 수 있도록 속는 셈 치고 육아 책을 믿고 책에서 하라는 대로 아이에게 하는 방법이 있다. 돈을 써서 하는 방법도 있다. 야간에 근무하는 보모 수십 명을 고용해서 아이를 돌보게 하고 그 사이 인근 리츠칼튼호텔에 가서 묵는 것이다. 아니면 지금처럼 하면서 최선을 다해 그럭저럭 이겨나가고 실제 도움이 된다기보다는 희망을 준다는 점에서 주위의 현명한 조언은 받아들이는 방법이 있다. 이 아기가 걸음마를 배우고 화장실에 가는 법을 배우게 되는 것처럼 결국에는 잠자는 법을 배울 것이라고 되뇐다. 네발로 기어 다니거나 하루에 2번씩 바지에 실례를 하는 성인들을 많이 볼 수 없는 것과 마찬가지로, 45분마다 천장이 떠나가라 소리 지르며 잠에서 깨는 어른들을 많이 볼 수 있는 것은 아니니 까. 그러므로 이 문제는 저절로 해결될 거라고 생각하는 것 은 당연하다. 정말 그랬으면 좋겠는데.

첫째를 전담하게 된 불량아빠

며칠 전 학교 가는 길에 평소와는 달리 퀸이 나에게 자장가 부르기를 멈추라고 요구했다. 그러더니 더 특이하게도 말없 이 앉아 정면을 응시하면서 내가 말을 걸어도 무시했다. 나 는 퀸의 목에 뭔가 걸리지는 않았는지 확인하려고 백미러를 움직였다가 광기 어린 강렬함이라고밖에 설명할 수 없는 눈 빛과 마주쳤다. 마침내 퀸이 입을 열었다.

"아빠는 끝이야."

4주 전 딕시가 태어나기 전이었다면 나는 충격을 받았 을 것이다. 그러나 이제는 유쾌하게 넘길 정도로 익숙한 일 이다. 퀸은 암흑기를 겪고 있다. 일주일 전에는 학교에서 그 림을 잔뜩 가지고 왔는데, 처음 다작 화가의 길로 들어서면 서 선호했던 파란색과 분홍색은 사라지고, 그 자리에 불안과 분노를 담아 마구 휘갈긴 듯한 검은색이 가득했다. 한 가지 색만 써서 물감과 크레용으로 그린 섬뜩한 스케치는 도끼로 사지를 절단한 거미를 닮았다. 내 아이는 인생에서 첫 번째 새로운 시기에 접어들었다.

"아, 그래서 지금 나는 끝난 거니?" 나는 유쾌하게 물었다.

"아빠는 형편없어." 퀸이 대답했다.

"나는 끝난 거니, 아니면 형편없는 거니?"

퀸은 곰곰이 생각하더니 말했다. "둘 다."

어떤 날에는 학교 가는 내내 나에게 모욕적인 언행을 일삼기도 한다. "아빠는 형편없어."와 "아빠는 끝이야."가 특히 잘하는 말인데, 만약 내 머리에 던질 것을 찾을 수 있었다면 그렇게도 했을 것이다. 요즘 퀸을 데리고 운전을 하는 일은 미국 메이저리그 뉴욕 양키스의 홈구장에서 원정팀 우익수로 뛰는 것과 같다.

둘째 아이가 태어난 뒤 육아 분담을 하면서 나는 완전히 새롭게 무방비 상태가 되었다. 기본적으로 아내가 딕시를 전담하면서 나는 퀸이 엄마와 아빠를 향해 소리 지르고 싶은 정상적인 욕구를 쏟아낼 수 있는 유일한 출구이다. 퀸에게 부모로서의 영향력을 발휘하는 것도 내 몫이다. 고백

컨대 그런 상황이 어떤 의미인지 어젯밤까지만 해도 깨닫지 못했다. 아내가 샌프란시스코에 갈 수 있도록 내가 두 아이를 돌보겠다는 어리석은 결정을 내린 처참한 날이 저물고, 나는 아내와 젖먹이 아기가 있는 방을 살그머니 빠져나와 보통 때처럼 침대 겸용 소파로 향했다. 아내는 침울해 보였다. "무슨 일이야?" 특별히 대답을 기대하지 않고 그냥 하는 말이었다. 순간 딕시가 태어난 이후 퀸의 행동에 대한 아내의 불만이 마구 쏟아져 나왔다. 퀸이 베이비시터들에게 점점 못되게 굴고 있다, 밤새 깨지 않고 자는 일이 없다, 채소를 먹지 않는다, 대소변 가리기 훈련의 가장 중요한 마지막 단계에서 고집을 부린다, 만화영화 〈슈렉〉을 150번째 보는 일말고는 다른 활동에 관심을 보이지 않는다, 엄마가 샌프란시스코에서 돌아온 이후 계속 버릇없이 굴었다 등등.

예전에 아내는 나에게 퀸에 대한 불만을 얘기할 때면 협조적인 자세로 말했다. 우리는 공통의 관심사로 연결되어 있었다. 투자 전략을 논의하는 워런 버핏Warren Buffett(투자의 귀재라고 불리는 미국의 대표적인 사업가 겸 투자가-옮긴이)과 찰리 멍거Charlie Munger(워런 버핏이 운영하는 투자사 버크셔 해서웨이의 부회장이자 투자 파트너-옮긴이)였다. 그러나 이번 아내의 말은 그렇게 들리지 않았다. 이스라엘군 문제에 미국을 끌어들이려는 어느 아랍 국가 같았다.

"퀸이 채소를 먹지 않는 건 딕시한테 샘이 나서 그런 거야." 내가 말했다.

"퀸이 채소를 먹지 않는 건 저녁 먹기 전에 프로스티드 미니위츠Frosted Mini-Wheats(일회용 컵에 담긴 미국 켈로그 사의 시리얼-옮긴이)를 하나 다 먹었기 때문이지." 아내가 반박했다.

미니위츠는 내 아이디어였다. 퀸은 미니위츠를 먹고 싶다고 말하지 않았고 그럴 필요도 없었다. 현재 퀸과 관련된 모든 것은 내 아이디어였다. 퀸의 인생에서 지금이 어리광을 부릴 수 있는 시기라는 점은 아내도 알았다. 그러나 퀸에게도 지켜야 하는 자산이 있었다.

"2년 반 동안 내가 퀸에게 한 일이 모두 물거품이 된 것 같아." 아내는 말했다.

"딕시한테 익숙해지면 예전의 좋은 습관이 다시 생길 거야."

"좋은 습관은 잃어버리면 다시 되찾을 수 없어." 아내가 되받아쳤다.

내 스스로 좋은 습관이라고 할 게 없었기 때문에 아내의 주장에 반박할 상황이 아니기도 했고, 만약 나한테 좋은 습관이 있었다고 해도 아내는 내 말을 믿지 않았을 것이다.

아내는 군대식 가정환경에서 자라서 군대식 가치가 온전히 몸에 배어 있다. 반면 나는 2주일에 한 번은 주방에서 커다란 초코칩 쿠키를 슬쩍 가져와 아무도 모르게 밤에 침대 밑에 숨겨둘 수 있는 집에서 자랐다. 나는 190cm 정도의 키에 고교 시절 내내 전 과목 A학점을 받을 운명이었지만, 저녁을 먹지 않고 대신 매일 밤 초코칩 쿠키를 12개씩 먹는 바람에 177cm 정도의 키에 고교 2학년 때는 화학 과목에서 D를 받는 처지가 되었다. 아내의 말뜻을 이해할 수 있었다. 아내는 2년 반 동안 자신의 첫아이에게 더 좋은 습관을 들이도록 훈련을 시켰지만, 아이가 3주 반 정도를 계속 나와 함께 지내면서 자신의 모든 노력이 수포로 돌아간 것을 보았다. 8회까지 상대 타자들에게 안타 하나 내주지 않은 에이스 투수가, 9회 마무리 투수가 올라와 블론세이브^{blown save}를 기록하는 상황을 보는 셈이었다. (내 머릿속에는 온통 야구 생각뿐이다.)

지난 3년 동안 가끔은 내 아이에게 어떤 영향을 주고 있는지 머릿속에 그려보려고 했다. 아빠라면 해야 할 것 같았기 때문에 자연스럽게 하기보다는 의무적으로 했지만, 어떤 성과를 거두지는 못했다. 이론과는 반대로, 어린아이를 상대하는 현실에서는 도덕관념이 통하지 않고 뇌물과 협박이 필요하다. 이걸 해주면 그걸 가질 수 있지. 이걸 해주지 않으면 그걸 가질 수 없어. 뇌물과 협박을 현명하게 이용해서 아이가 충분히 사랑받고 즐겁고 안정된 생활을 한다면 나머지 일은 저절로 해결될 거라고 생각해왔다. 그리고 내 방식은 효과가 있는 듯 보였다. 여동생이 태어나기 전만 해도 퀸은 또래에 비해 월등했고, 별다른 노력 없이도 그런 듯 보였다. 솔직히 어떤 식으로든 퀸의 성장 방향을 정해야 한다는 생각은 들지 않았다. 과도한 간섭은 직원들의 창의력을 방해한다고 믿는 속 편한 CEO와 같았다. 나는 기다림의 경영 방식을 믿었다.

돌이켜 생각해보면 이런 자세로 잘 해낼 수 있었던 단한 가지 이유는 내가 CEO가 아니었기 때문이다. 회의 테이블 상석에 앉는 건 허용되지만 실제 회의 내용을 듣는 건 허락받지 못한 허울뿐인 회장에 지나지 않았다. 이제는 분명다른 방식을 택해야 한다. CEO의 관심은 까다로운 해외 업체를 인수하는 쪽으로 돌아섰다. 아무리 기간이 짧더라도책임은 회장에게 있다. 주변 모든 사람들이 걱정하고 있다.

맨 처음 아빠가 되었을 때 가장 놀랐던 점은, 내 아이에 대해 기대했던 감정을 느끼기까지 시간이 오래 걸렸다는 것이다. 엄마 배 속에서 나온 퀸을 껴안았을 때 다정함과 약간은 형식적인 애정을 표현할 수 있었다. 그러나 이후 족히 6주 동안 내가 이끌어낼 수 있는 최선의 감정은 즐거움을 가장한 무심함이었다. 최악의 감정은 증오였다. 품 안에서 심하게 울며 보채는 퀸을 안고 발코니에 서 있다가 퀸을 발코니 밖으로 던지는 것이 법에 어긋나는 일이 아니라면 어떻게 할까를 고민했던 일이 생생하게 기억난다. 갓난아기가 뚜렷한 이유 없이 침대에서 사망하는 영아돌연사증후군 발병률의 공식 통계 수치가 지나치게 과장되었다고 자신했던 기억도 있다. 영아돌연사증후군 사례의 대부분이 살인 사건인 것 같았다. 사람들이 어린 자식을 죽인 부모에 대해 그렇게 섬뜩해하는 이유는 너무나 쉽고 심지어 태연하게 그것을 저지르기 때문이다. 모성애가 선천적인 것이라면 부성애는 후천적 학습으로 습득한 행동이다.

어쨌거나 내가 경험해본 바에 따르면 아빠 노릇의 핵심 미스터리는 바로 이것이다. '내 인생에 착륙해서 곧장 삶의 모든 걸 더 엉망으로 만들어버린 것 같은 이 〈존재〉에 대한 분노를 어떻게 사랑으로 바꿀 것인가?' 퀸이 태어난 지 한 달 되었을 때 나는 퀸이 트럭에 치이는 사고를 당했다면 상투적인 수준의 슬픔밖에 느끼지 못할 거라고 생각했다. 6개월쯤 지났을 때는 퀸을 구하기 위해 트럭 앞에 내 몸을 던지겠다고 생각했다. 무슨 일이 일어난 걸까? 무엇이 나를 냉혈한에서 아빠로 바꾼 것일까? 나도 모르겠다. 그래서 둘째를 낳은 뒤에는 그 과정을 예의 주시하기로 했다.

솔직히 딕시를 처음 얼핏 봤을 때 제 언니 때만큼 혐오감을 느꼈다고는 할 수 없다. 딕시는 아무런 이유 없이 큰 소리로 울지도 않고, 울더라도 나는 퀸을 돌보느라 대개 딕시의 울음소리가 들리지 않는 곳에 있다. 바로 둘째 육아의 가장 큰 차이점이다. 아내가 생각하기에 나에게는 딕시가 태어나고 처음 몇 주 동안의 불편한 일을 피할 수 있는 좋은 핑계거리가 있고, 실제 나는 그 핑계를 댄다는 것. 간혹 딕시가 있다는 사실을 잊기도 한다. 방에 들어가서 TV를 켜고 한 20분 정도 야구 경기를 보다가 오른쪽으로 고개를 돌리니 거기 있는지도 몰랐는데 나를 쳐다보고 있는 생후 5주 된 아기를 발견하는 기분은 이상하기만 하다. 하지만 일부러 딕시와 단둘이만 남겨지는 경우가 있고, 그럴 때면 피로와 짜증이 더

해져서 너무 불행한 기분이 드는 나머지 이상한 살인 충동이 들 정도이다. 동시에 일주일쯤 전부터 진정 애정 어린 눈빛으로 딕시를 바라보고 있다는 걸 알았다. 바로 지금 이 순간 내 마음속 감정이 다시 한 번 불가사의한 변화를 겪는 원인으로 확실히 꼽을 수 있는 것은 다음과 같다.

1. **아기 엄마의 적극적인 홍보**. 나는 전업 작가이므로 관찰력이 뛰어나다고 볼 수 있다. 그러나 아내가 없다면 내 아이에 대해서는 거의 아무것도 알아채지 못하니 당연히 아이에 대해 감탄하는 경우도 없다. 혼자서 알아볼 수 있는 것이라고는 색깔도 이상하고 닦아줘야 하는 분비물을 많이 배출한다는 것과 나를 잠에서 깨우는 불쾌한 소음을 많이 낸다는 것 정도이다. 하지만 아기에게는 그와는 전혀 다른 사랑스러운 점도 있고, 아내는 그런 점을 하나하나 다 알아보고 정말 열심히 나한테 설명하는 바람에 얼었던 내 마음이 녹을 정도이다. 딕시의 얼굴 표정을 예로 들자면, 스머프 표정, 변을 보려고 힘을 주는 표정, ET 같은 표정, 오늘 안부를 묻는 표정, 사무실로 전화 달라는 급박한 표정, 마피아 청부 살인자 같은 표정이 있다. 마피아 청부 살인자 표정은 아내가 입술을 삐죽거렸을 때 '나한테 그러는 거야?'라고 말할 것 같은 그

런 표정이다.

2. **흉내 내는 재능.** 생후 5주 된 아기는 보통의 의사소통 시도에는 대체로 반응을 보이지 않는다. 아기를 향해 소리를 지르거나 노래를 부를 수 있지만, 돌아오는 것은 속내를 알 수 없는 눈빛뿐이다. 그러나 얼굴을 아주 바짝 들이대고 일그러뜨려서 괴상한 표정을 지으면 어떤 표정이든 따라 할 것이다. 혀를 비쭉 내밀면 같이 혀를 내밀고, 입을 크게 벌리면 따라서 입을 크게 벌린다. 달리 함께 할 만한 것이 없을 때 얼굴 표정 놀이를 하는데, 하면 할수록 딕시가 더 좋아진다.

3. **나날이 보이는 개선의 조짐.** 이미 딕시는 1시간 반마다 깨서 큰 소리로 우는 수준에서 2시간마다 깨서 우는 수준으로 성장했다. 더 나쁜 상황을 알지 못하는 입장에서는 이것도 견딜 수 없을 것 같지만, 내 입장에서는 엄청난 발전처럼 보인다. 심지어 선의의 행동처럼 보인다. 아직까지 '훌륭한 시민상'은 받지 못하지만, 내심 '기량발전 상'을 기대하고 있다. 그런 딕시의 노력을 칭찬하지 않기란 힘들다.

이다음에 귀찮은 일들을 나눌 때 나에게 불리하게 작용할까 봐서 말하기 망설여지지만, 그 외에 다른 요인들도 있다. 정말 하고 싶은 마음이 들지 않는다고 해도 살아 있는 생명체를 돌보는 단순한 행동은 사람을 변화시킨다. 아이 둘을 입양한 한 친구는, 어떻게 친자식인 것마냥 입양한 아이들을 사랑하기를 바랄 수 있느냐는 다른 친구의 물음에 이렇게 되물었다. "개 길러본 적이 있나?" 이 문제의 핵심은 바로 거기에 있다. 무기력한 생명체를 살아 있도록 하는 모든 사소한 행동이 생명체를 사랑하는 원인이 된다. 대부분의 사람은 이 사실을 본능적으로 안다. 하지만 나처럼 지금까지 불쾌한 일을 회피하는 데 거의 초인적인 재능을 선보인 사람들에게는 일종의 계시로 다가온다. 아기를 발코니 밖으로 던지고 싶을 뿐 아기를 사랑하게 되는 상황은 전혀 기대하지 않았기 때문이다.

아기와 함께 간 영화관

아빠 노릇의 첫 번째 규칙. 뭐가 문제인지 도무지 모르겠다면 문제는 바로 나라는 것을 명심하라. 지난 몇 주 동안 거의 내내 나는 뭐가 문제인지 알지 못했다. 모든 것이 순조로웠다. 둘째 아이가 태어난 이후 처음으로 다시 평소처럼 일할 수 있었다. 내 아이들이 굶주리거나 어쩔 수 없이 공립학교에 다녀야 된다는 걱정은 줄어들었다. 물론 생계유지를 위해 나에게 필요한 시간은 다른 곳에서 나오고 있었지만, 내가 보기에 가족 내 누구에게서 나오는지 분명치 않았다. 내가 흠뻑 빠져 있는 아내로부터 나오는 것은 아니었다. 큰 딸도 아니었다. 퀸은 여동생이 태어나기 전과 비교했을 때 부모의 관심을 받지 못하면 1분도 살 수 없다는 점을 분명히 밝혔다. 내가 없어도 전혀 개의치 않을 유일한 사람은 아기뿐이었다. 솔직히 말하건대 딕시에 대한 좋은 감정이 충분히 생겼기 때문에 지금은 양심상 못 본 척하는 것보다는 내 주위에 있게 하는 편이 더 좋다.

물론 아내나 여러 베이비시터에게 딕시를 맡김으로써 나는 예전 일상으로 자연스레 돌아갈 수 있었다. 일주일 만에 나는 새 책 준비를 거의 마무리했다. 모든 게 만족스러웠다. 그리고 그때 아내가 사무실에 나타났다. 바로 그 눈빛을 하고는. 나는 우리 가족의 재정 상태를 얼마나 안정적으로 운영하는지를 말해주면서 아내가 말을 시작하기 전에 막으려고 했지만, 아내는 가계 재정에 관심이 없었다.

"당신이 딕시하고 있는 시간을 좀 따로 내야겠어." 아내가 말했다.

"뭔 소리? 딕시하고 늘 같이 있는데?"

"당신은 일주일 내내 딕시를 보지도 않았어."

"그렇다고 딕시가 아는 것도 아니잖아."

"당신이 알지." 사실이었다. 어느 정도는.

"얼마나 자주 딕시를 봤으면 하는데?"

"격주로 쓰는 〈슬레이트Slate〉 칼럼은 계속 쓸 수 있을 만큼 딕시에 대한 소재는 충분히 확보했다고 생각하는데 말이야."

첫 번째 든 생각. '도대체 어떤 아빠가 자식을 칼럼 소재 거리 정도로 보는가?' 두 번째 든 생각. '나 같은 아빠.'

단지 그런 기분 때문만은 아니었지만, 나는 아내와 딕시를 데리고 오클랜드의 파크웨이 영화관에 〈초급 이태리어 강습Italian for Beginners〉을 보러 갔다. 산아제한 이후 가장 위대한 발명품인 파크웨이 영화관은 월요일 밤에는 18세 이상 성인 가운데 1세 이하의 동반자가 있을 경우만 입장을 허용한다. 60명의 부모와 30명의 아기들이 영화 표를 구매하고 저녁 식사를 주문한 다음, 야광 진동 벨을 받아서 영화관 안으로 향한다. 주변에 있는 아기들이 있는 힘껏 소리 지르는 가운데 편안한 패브릭 소파에 앉은 부모들은 일주일 만에 처음 느긋한 마음 상태에서 저녁 식사가 도착하고 영화가 시작되기를 차분히 기다린다. 이곳에는 별다른 주의 사항도 없다. 그리고 영화 시작 전 예고편이나 광고가 없다. 영화는 시간에 맞춰 바로 시작한다.

아기 30명과 함께 영화를 보는 것과 아기 없이 영화를 보는 것은 다르다. 어떤 면에서는 같이 보는 것이 더 낫다. 이번처럼 아기들을 한 장소에 모두 모아두면 그것만으로도 볼 만한 구경거리가 된다. 가령 영화 속 등장인물이 요란하게 웃거나 밤에 총소리가 크게 울리는 장면에서 아기들이 갑자기 소리를 지른다. 등장인물이 웃지 않거나 총소리가 들리지 않으면 돌연 잠이 들기도 한다. 때로 놀랄 만한 재주를 선보인다. 영화가 시작하기 바로 전, 맨 앞줄에 있던 생후 6개월 된 여자 아기가 아빠의 흔들리는 손바닥 외에 주변의 아무런 도움 없이 공중에서 몸의 균형을 잡았다. 모든 관객이 환호했다.

파크웨이 영화관에서 보내는 저녁 시간의 성공 여부는 상영 영화에 달려 있다. 아기와 보기에 좋은 영화도 있고 나쁜 영화도 있다. 영화를 본 사람에게는 이상하게 들릴 수 있겠지만, 〈초급 이태리어 강습〉은 아기와 함께 보기에 거의 완벽한 영화였다. 영화는 모든 등장인물이 죽거나 절망하거나 혹은 절망하며 죽는 암울한 북유럽 영화라는 점을 확실히 암시하며 시작한다. 우리 입장에서는 희소식이었다. 등장인물이 웃거나 밤에 총소리가 울려 퍼지는 극단적인 상황은 벌어질 것 같지 않았기 때문이다. 살인 사건이 발생하기를 기대한 사람도 없었다. 초보 엄마나 아빠 스스로 정말 힘겨운 삶의 고통을 겪고 있다고 생각해도 누군가는 그보다 훨씬 더 지독한 고통을 겪고 있다는 사실을 상기시켜주기에 북유럽 영화에서 보여주는 삶의 고통만 한 것이 없다. 불쌍한 북유럽 사람들.

딕시가 없었다면 아마도 나는 재미있어 보이는 영화 제목에 속아 입센 연극을 보고 있다고 완전히 열 받아서 부글부글 끓고 있었을 것이다. 딕시가 있었기에 제목에 속았어도 만족스러웠다.

하지만 그때 일이 벌어졌다. 정확히 말하면 두 가지. 우선 영화가 중반쯤 지났을 때 이 암울한 북유럽 영화는 북유럽 영화의 암울한 특징을 패러디하는 분위기로 바뀌었다. 죽어야 하는 모든 사람은 급작스럽게 죽고 나머지 인물들은 어떠한 도움 없이 절망에 대처했다. 그리고 영화 후반으로 가면서 북유럽식의 조용하고 우울한 분위기가 위태롭게 급변했다. 애초에 그렇게 생각하고 있었던 것처럼 등장인물들은 북유럽 사람들이 수세기 동안 알고 있던 사실을 갑자기 알아냈다. 스칸디나비아 반도에서 행복해지고 싶다면 이탈리아로 가야 한다는 사실. 두 번째 일은 이 충격적인 북유

럽식 '삶의 환희joie de vivre'의 감정이 분출되면서 직접적으로
나타난 결과였다. 딕시가 잠에서 깨어나 울어대기 시작한
것이다.

파크웨이 영화관의 암묵적인 규정은 아기를 울게 놔두
고 영화를 즐겁게 봐도 나쁘게 생각하는 사람이 없다는 것
이다. 파크웨이 영화관에서는 죄책감이 줄어드는 기분을 느
낀다. 다른 흡연자들에게 둘러싸여 있는 흡연자나 비행기
안에서 뚱뚱한 사람과 나란히 앉은 뚱뚱한 사람들만이 느
낄 수 있는 종류의 죄책감. 그러나 파크웨이 영화관에 도착
하기 전에 아내로부터 자식에게 무관심한 아빠라는 오명을
얻었다면 죄책감이 줄어드는 기분은 그렇게 쉽게 느끼지 못
한다. 대신 아내의 기분이 누그러질 때까지 일어서서 아이를
데리고 돌아다녀야 한다. 영화의 마지막 장면은 곁눈질로
흘끗 보았다. 행복한 북유럽 사람은 여전히 찾기가 쉽지 않
아 보인다.

딸과 함께 가는 아빠의 캠핑

며칠 전 저녁 퀸과 나는 페어리랜드에 캠핑을 갔다. 페어리
랜드는 오클랜드 한가운데 자리한 미니 디즈니랜드 분위기

가 나는 곳으로, 매년 여름 세 차례 25명 정도의 부모에게 어린 자녀들과 공원 안에 텐트를 치고 캠핑을 할 수 있는 이용권을 판매한다. 25명의 어린아이들은 얼마 되지 않은 인생에서 처음으로 하늘의 별이나 페어리랜드를 굽어보는 고층 건물을 바라보며 밤을 보내는 기회를 갖는다. 나는 몇 달 전 퀸에게 캠핑하러 갈 수 있다고 했다. 이후 퀸은 캠핑 이야기만 나오면 가만히 있지를 못하고 이틀에 한 번씩 이렇게 물었다. "언제 페어리랜드에 캠핑하러 가?" "오늘은 텐트에서 잘 수 있어?" 퀸은 이제껏 캠핑을 하거나 텐트에서 자본 적이 없어서 실제 어떤 건지 알 리가 없다. 그러니까 그렇게 간절히 원하는 것이겠지만.

우리는 정문이 아니라 미니 관람차와 범퍼보트 사이 뒤편에 있는 문을 통해 들어간다. 다른 부모들과 어린아이들은 문이 열리면 곧장 들어가 텐트 치기에 가장 평탄하고 폭신한 잔디밭을 찾으려고 문이 열리기만을 줄 서서 기다리고 있다. 퀸의 친구인 매츠와 그의 아빠 존도 줄을 서 있다. 내가 지금 여기에 있는 건 존 때문이다. 존이 페어리랜드에서 하는 캠핑 이야기를 해줬다. 또한 자신이 한번 해본 바로는 텐트와 침낭 외에 가져올 것은 없고 나머지는 페어리랜드 측에서 준비한다고 말해줬다. 그러나 얼핏 보기에도 존은 나보다 짐이 훨씬 더 많다. 내 짐은 고작 커다란 배낭 3개인데 반해 존의 짐은 8개나 된다. 저 배낭 5개 안에는 뭐가 들어 있을까? 나는 가져오지 않고 페어리랜드 캠핑 유경험자가 가져온 건 뭘까?

정문이 양쪽으로 활짝 열리자 다른 가족들은 텐트 치기에 최적의 장소를 찾아 접시 모양의 캠핑장 안으로 돌진한다. 퀸은 페어리랜드 전체를 독차지한 것 같은 상황에 더 흥미를 보이더니 관람차를 지나쳐 당나귀를 쓰다듬어주러 간다. 세 살짜리의 관점에서 봤을 때 페어리랜드의 가장 좋은 점은 키가 90cm 남짓한 이용자를 염두에 두고 설계했다는 것이다. 회전목마 말의 높이, 증기기관차 차량의 높이, '이상한 나라의 앨리스' 코너에 있는 긴 터널 모두 키 90cm가량의 이용자를 감안해 설계되었다. 분명 이곳은 두 살에서 다섯 살 사이 아이들의 안식처이다. 보통의 일곱 살 아이들은 불청객 느낌이 들게 한다. 한 가지만 제외하고는 완벽하게 축소한 소인국 세상이다. 그 예외는 당나귀다. 퀸이 '라마'라고 주장한 이 커다란 당나귀들 또한 놀랄 정도로 의욕이 넘친다. 나는 퀸을 뒤쫓아 가느라 편안한 잠자리를 확보할 수 있는 기회를 순간 놓친다. 퀸을 데리고 캠핑장으로 돌아왔을 때는 평탄하고 푹신한 곳은 누군가 다 차지하고 난 뒤였다. 우리는 캠핑장 가장자리 바로 아래 딱딱하고 경사진 곳에서 밤을 보내게 될 것이다.

다른 아빠들이 가져온 텐트는 정말 텐트처럼 보인다. 지붕이 아주 크고 출입구는 그냥 서서 들어갈 만큼 으리으리하게 폼 나는 텐트들이다. 옆쪽에 있는 남자는 이미 텐트를 다 세웠을 뿐 아니라 대형 소화기 모양에 공기펌프 같은 소리를 내는 아주 신기한 기계도 가지고 있다. 남자는 마치 전문가처럼 기계를 두고 가쁜 숨을 내쉰다. 대형 텐트 안에 있는 매트리스 크기의 물건을 부풀리는 중이다. 그중 어느 것 하나도 나한테는 없다. 본 적도 없는 것들뿐이다. 우리 텐트는 여전히 땅바닥에 내려놓은 배낭 안에 있다.

퀸은 주변을 돌아보고는 나를 쳐다본다.

"아빠, 우리 텐트는 어디 있어?"

"저 안에 있지." 나는 파란색 배낭을 가리킨다.

"왜?"

"아빠가 아직 텐트를 치지 않았으니까. 아빠가 텐트 치는 데 도와줄 거지?"

"라마 보러 가고 싶어."

조금 신경이 곤두선다. "아빠가 텐트를 치는 동안 여기에 가만히 있으면 좋겠는데."

순식간에 퀸이 사라진다.

나는 당나귀 있는 곳을 계속 지켜보면서 텐트를 꺼내고 가져온 물건을 하나씩 확인한다. 텐트, 지난주 REI(아웃도어 용품점-옮긴이)에서 구입한 침낭 두 개, 탄광에서 사용하는 헤드라이트(밤에 바비큐를 할 때 바비큐 석쇠를 비추는 데 사용하라고 아내가 챙겨줬다), 기저귀 세 개, 물티슈 한 팩, 보라색과 초록색 야광 칫솔 하나, 딸기 맛 치약 하나, 방충제, 퀸이 '내 줄무늬 파자마'라고 부르는 잠옷 한 벌과 반드시 가져가야 한다고 고집 부린 분홍색 슬리퍼 한 켤레. 마지막으로 너덜너덜하고 누렇게 바랜 아웃워드 바운드Outward Bound(청소년에게 산과 바다에서의 모험적인 훈련을 통해 협력의 중요성을 가르치는 국제기구-옮긴이)의 학생용 안내서. 오래전 오리건 주 삼림지대를 한 달간 헤맸던 마지막 캠핑에서 사용한 책자이다. 이 낡은 아웃워드 바운드 안내서 안에는 캠핑에 대해 잊고 있던 모든 내용이 담겨 있다. 아니면 내가 그렇게 생각하고 있거나. 안내서를 펼치자 아웃워드 바운드 단체의 성격과 마찬가지로 안내서 내용이 나의 생존보다는 정신적 성장에 더 초점을 맞췄다는 사실을 알게 된다. 아웃워드 바운드 학생이라면 명심해야 하는 명언이 가득하다.

산중 소나기에 젖으며,

가리울 것이 없어 바위를 안고 있느니라.

욥기 24장 8절

나는 20여 년 만에 처음으로 텐트를 친다. 텐트를 다 치고 조용히 생각한다. '텐트 모양이 정말 이상하네.' 어슬렁거리던 존이 잠시 쳐다보더니 결국 한마디 한다. "구형 폭스바겐 비틀 위에 방수포를 덮어놓은 거 같네요."

"방수포가 제대로 맞지 않아서 좀 걱정이에요." 내가 말한다.

존은 내가 말한 문제에 대해 생각하더니 대답한다. "오클랜드 시내니까 괜찮을 겁니다."

우리 옆 텐트의 남자는 계속해서 휴대용 매트리스에 공기를 넣고 있다. 코끝에서 땀이 떨어진다. 존은 자리를 뜨고, 나는 남자 쪽으로 향한다. 내가 보기에 대형 매트리스는 20분 전과 비교해서 더 부풀려진 것 같지 않다. 이 남자도 캠핑광은 아닌 듯하다.

"뭐 하세요?" 내가 묻는다.

남자는 계속 펌프질을 하지 않아도 되는 핑계거리에 안도하며 하던 동작을 멈춘다. "이 망할 놈의 매트리스에 공기를 넣으려고 펌프질하는 중입니다."

텐트 안을 들여다보는 내 눈길은 매트리스에 머문다.
"어떻게 하는 건데요?"

"나도 모르지요. 아내가 샀으니까요." 일시 정지. "이 모
든 게 아내 생각이라니까요."

남자에게 동정이 가면서도 한편으로는 그렇지 않다. 사
실은 남자가 괴로워하는 탓에 기분이 좋다. 이제 막 시작된
이번 캠핑에서 가장 준비가 덜 된 아빠는 내가 아닐 수도 있
으니까. 퀸과 나는 살아남지 못할 수 있지만, 가장 먼저 탈
락하지는 않을 것이다.

페어리랜드에서 보내는 하룻밤은 상반된 두 가지 경험
으로 확실하게 나뉜다. 1부는 어린아이들을 위한 광란의 파
티나 다름없다. 페어리랜드 측은 햄버거, 핫도그, 포테이토
칩, 초콜릿과 바닐라 컵케이크로 만찬을 마련한다. 어린아
이라면 누구 하나 싫다고 할 메뉴가 아니다. 채소나 과일은
단 한 조각도 없다. 아빠가 되고 나서 처음으로 다른 부모
들과 아이들 옆에 앉아 고문실에서 날 것 같은 비명 소리가
없는 가운데 내 아이와 같이 저녁을 먹는다. 모든 아이들이
행복해하며 걸신들린 듯이 저녁을 먹는다. 가능한 한 빨리
저녁을 먹으면 밤 9시까지 운영하는 페어리랜드의 놀이기

구를 타러 갈 수 있다. 그러나 이게 전부가 아니다. 평소라면 대부분 잠자리에 드는 밤 8시에는 전문 배우들이 펼치는 인형극을 보러 간다. 무릎에 커다란 팝콘 봉투를 놓고 입은 크게 벌린 채 신데렐라 인형극을 본다. 8시 반이 되자 집시 의상을 입은 여자가 아이들을 이끌고 노래를 한다. 10시가 되자 졸리고 지치고 싫증이 난 아이들이 각자 텐트로 돌아간다. 이제 페어리랜드에서 보내는 밤의 2부가 시작된다. 약 2년 전 수면 부족에 시달리던 아내와 나는 퀸이 하루 중 가장 재미있는 시간이 한밤중이라고 생각하지 않도록 단호한 방법을 취했다. 우리는 밤 9시가 되면 퀸의 방문을 닫고 가능한 한 다음 날 아침 7시까지 퀸의 말을 들어주거나 보러 가지 않았다. 우리가 아는 한 이 방법은 효과가 있었다. 물론 일주일에 몇 번은 새벽 3시쯤 깨어나 목청이 터져라 소리를 지르기는 하지만. 이런 방침 덕분에 나는 퀸의 수면 생활에 대해 거의 아는 게 없었는데, 오늘밤 모든 걸 알게 된다.

우리는 밤 10시에 텐트에 들어간다. 이후 한 시간 동안 퀸은 신이 나서 텐트 지붕을 손으로 치고 텐트 밖을 뛰어다니고 다른 가족들의 텐트 안으로 기어 들어가려고 한다. 이런 장난이 조금 지겨워지자 침낭 안에 자리를 잡고 책을 읽어달라고 한다. 세 살짜리에게 밤 11시 반은 어른들이 느끼는 새벽 4시 정도의 시각일 텐데, 퀸은 캠프장에 있는 다른 아이들과 마찬가지로 11시 반이 되도록 쌩쌩하다. 《해럴드와 자주색 크레파스Harold and the Purple Crayon》를 두 번째 읽어주는 사이 퀸은 잠이 든다. 이후 여섯 시간 동안 벌어진 일을 대략 시간순으로 정리하면 다음과 같다.

밤 12시 15분. 퀸은 내가 깰 때까지 머리를 쿡쿡 찌른다. "아빠, 일어나. 일어나, 아빠." "뭐라고?" "껴안아줘!" 퀸이 말한다. 나는 몸을 웅크린 채 아이 곁으로 다가간다. 퀸은 다시 잠이 든다.

새벽 1시. "아빠!" 눈을 떠보니 퀸이 텐트 안에서 꼿꼿한 자세로 앉아 있다. "뭐니?" "벌레 스프레이 뿌려주는 거 잊어버렸잖아!" 맞는 말이다. 나는 스프레이를 뿌려준다. 퀸은 다시 잠이 든다.

새벽 1시 38분. "침낭이 벗겨졌어!" "뭐라고?" "내 침낭!" 퀸이 울부짖는다. 나는 침낭을 올려 덮어준다. "아니야! 아빠 침낭 줘!" 퀸의 침낭 길이가 120cm밖에 되지 않으니 문제가 된다. 협상 끝에 둘이 같이 침낭 두 개를 덮고 자는 걸로 합의한다.

새벽 3시 15분. "텐트 안에 올빼미가 있어!" 퀸이 다시 일어나 앉는다. "뭐?" 나는 헤드라이트를 더듬어 찾으며 말한다. 헤드라이트를 찾을 무렵 퀸은 깊이 잠들어 있다.

새벽 4시 12분. "아빠." 잠에서 깬다. 이번에 눈을 뜬 퀸은 정신이 아주 말똥말똥하고 피로가 다 풀린 모양이다. 나는 그렇지 않다. "뭐니?" 내가 묻는다. "아빠, 오늘 아빠랑 같이 있어서 얼마나 재밌었는지 말하고 싶었어." 진짜 눈물이 차오른다. "아빠도 퀸이랑 있어서 재밌었어." 내가 말한다. "우리 다시 잘까?" "응, 아빠." 많은 노력과 시간이 드는 일이라고 생각했는데, 퀸이 나에게 바짝 다가와 안긴다.

새벽 5시. 망할 놈의 새가 지저귄다. 당연히 퀸은 새소리에 잠에서 깨고 나를 향해 노래를 시작한다.

"앞집에 사는 개 이름 빙고라지요. B-I-N-G-O, B-I-N-G-O, B-I-N-G-O, 그 이름 빙고."

"아직 자는 시간이야." 나는 중얼거린다. "아빠, 일어날 시간이야?" "아직 아니야." 기적처럼 퀸은 다시 잠이 든다.

새벽 5시 45분. 밖은 아직도 어둡다. 눈을 떠보니 퀸은 텐트 지퍼를 열고 나가 분홍색 슬리퍼를 신고 서 있다. "매츠야!" 퀸이 소리친다. "너 일어났니?" 멀리 있는 텐트에서 외치는 소리가 들린다. "퀸, 나 일어났어! 너도 일어났니?" "매츠야!" 퀸이 다시 외친다. "나는 일어났어! 나는 일어났어!"

45분 뒤 매츠네 부자와 우리 부녀 네 사람은 비몽사몽 상태에서 슈가 팝스Sugar Pops(미국 켈로그 사의 시리얼-옮긴이)로 아침을 해결한다. 존은 나보다 훨씬 상태가 좋지 않아 보인다. 그러나 우리 가운데 누구도 낙담하지 않는다. 어제 저녁 시간은 기대했던 것만큼 아주 잘 지나갔으니까. "오클랜드 동물원에서도 여기처럼 캠핑을 한다는 얘기를 들었어요."

"그게 언제래요?" 나도 모르게 그런 말이 나온다.

딸과의 힘겨운 전쟁

아빠 노릇의 두 번째 규칙. 방 안에 있는 모든 사람들이 웃고 있는데 웃는 이유를 알지 못한다면 바로 나 때문이라는 것을 명심하라. 몇 달 전 퀸을 학교에 데려다주었는데, 사람들이 가득한 방에서 내 바지 지퍼가 열려 있다는 사실을 알게 된 것 같은 이상야릇한 기분이 들었다. 내가 퀸의 교실에 들어선 순간부터 세 명의 선생님들은 엄청나게 우스운 농담이 생각나는 모양이었다. 웃음을 간신히 참고 돌아서서는 모래상자에 장난감 공룡을 정리하고 간식용 크래커의 개수를 세느라 분주한 척했다. 이런 일이 몇 차례 있어서 나는 마침내 선생님 한 명에게 무슨 일인지 물어봤다. "아, 아무것도 아니에요."라고 했지만, 진심은 '모르는 게 좋으실 거예요.'

라는 말이었다. 선생님은 사람 좋은 미소를 지었다. 내가 무슨 일을 하든 전혀 불쾌해하지 않았다. 거기서 그만뒀어야 했는데, 나는 상황 파악을 위해 아내를 보냈다.

"나한테도 정확하게 얘기를 하지 않네." 퀸을 학교에서 데리고 돌아온 아내는 말했다. "그런데 퀸이 당신에 관해 말한 것과 관계가 있는 거 같아. 당신의……."

"나의 뭐?" 내가 물었다.

아내는 난감해 보였다.

"그게 뭐냐고?"

"당신 페니스."

"한다는 말이 고작 그거야?"

"바로 그거야."

그날 저녁 샤워를 하는데 퀸이 욕실로 달려 들어왔다. 본래 이런 일은 흔히 있었다. 샤워 부스의 문을 열어 욕실 전체를 물로 흥건하게 만드는 건 퀸의 취미이다. 벌거벗은 아빠가 한 손으로는 눈에 들어간 비누 거품을 닦고 다른 한 손으로는 욕실이 물바다가 되는 것을 막는 모습을 즐겁게 바라본다. 그러나 이번에는 하고 싶은 말도 있는 모양이다.

"아빠 페니스는 작아!" 퀸이 소리쳤다.

한 문장이 퀸의 입에서 너무나 막힘없이 쏟아져 나왔다.

퀸이 그런 말을 한 건 분명 이번이 처음은 아니었다. 나는 비누 거품 사이로 실눈을 뜨고 으름장을 놓듯이 말했다.

"뭐라고?"

퀸은 구호처럼 외쳤다

"아빠 페니스는 작아!"

"아빠 페니스는 작아!"

"아빠 페니스는 작아!"

심술쟁이 퀸은 통제 불능이었기 때문에 내가 선택할 수 있는 대응 방안을 모색했다. 전면적으로 항의하는 건 오히려 진의를 의심받을 만한 행동이었다. 흐르는 모래에 빠진 코끼리나 가십난에 오른 정치인처럼 이러지도 저러지도 못하는 처지였다. 딸애의 말에 무슨 말을 하거나 행동을 하면 불난 집에 부채질하는 꼴밖에 되지 않았다. 실제로 두 가지 방법밖에 없었다. 침묵하거나 웃거나. 그래서 나는 웃었다. 세 살 된 딸이 내 소중한 신체 부위에 대해 다소 직접적으로 모욕을 퍼부을 때 냉정하기란 불가능하기 때문이다. "하하하." 관심은 전혀 없지만 우스워하는 것처럼 들리기를 바랐다. 아니나 다를까 퀸은 바로 흥미를 잃었다.

놀랍게도 순식간에 퀸의 선생님들은 내가 나타나는 것만으로는 더 이상 즐거워하지 않았다. 늘 그렇듯이 나의 자부심은 곧 회복되었고, 나는 그 일을 거의 잊어버렸다. 그런데 지난주 퀸의 교실 문을 열고 들어갔을 때 선생님들이 다시 웃기 시작했다.

나는 곧장 아내에게 달려갔다.

"맞아, 선생님들이 모두 당신을 보고 웃었어. 하지만 당신이 당신 딸애 옷 입히는 거 때문에 그런 거야."

3개월 전 딕시가 태어난 뒤로 퀸에게 옷을 입히는 일은 내 몫이 되었다. 옷 입히는 일은 내가 맡게 된 어떤 일보다 거의 초인적으로 잘하고 있다는 게 지금까지 내 생각이었다.

"내가 옷 입히는 걸 선생님들이 어떻게 알아?" 내가 물었다.

"지난주 당신이 출장 갔을 때 내가 옷을 입혔거든. 퀸이 교실에 들어섰을 때 선생님들이 모두 '오늘 엄마가 옷 입혀 주셨구나!' 그렇게 말했대."

"내가 옷 입힐 때 뭐가 잘못됐어?"

"어머, 알면서 왜 그래."

"내가 입혀도 퀸은 깔끔해 보여."

"부랑자처럼 보이지."

"좀 보라고." 나는 퀸의 방을 가리키며 말했다. "아침마다 저기서 전쟁이 벌어진다고. 나는 최선을 다하고 있어."

"당신이 무슨 짓을 하는지 모른다는 걸 퀸이 알기 때문에 전쟁이 벌어지는 거야."

내가 그 정도에서 만족하고 아내와의 대화를 피했을 거라고 당신은 생각할 것이다. 말이 길어질수록 상황은 더 나빠질 게 뻔했으니까. 하지만 또 신경을 거슬리는 점은 있었다. 여자들만 있는 집에서 끊임없이 자신의 입장을 변호해야 하는 남자라면 더 신경이 쓰이는 문제. 얼마 전까지만 해도 나는 같은 반바지를 일주일 내내 입거나 일 년 내내 맨 위에 놓인 셔츠만 꺼내 입는 것을 심각하게 생각해 본 적이 없다. 그러나 얼마 전부터 달라졌다. 게을러서 혹은 귀찮아서 그런 게 아니었다. 효율성 때문이었다. 옷을 입을 때 절대적으로 필요한 시간보다 1분이라도 더 썼다면 1분을 허비한 거나 마찬가지였다.

3개월 동안 퀸에게 옷을 입히고 머리를 만져주면서 퀸에게 그런 생각을 심어주려고 무진장 애썼다. "아빠, 나 일어났어!" 퀸은 해가 뜨지도 않은 시간에 가장 먼저 일어나 큰 소리로 말한다. 나는 유아용 안전 펜스에 걸려 넘어져 아파하면서 퀸의 방으로 가서 나머지 가족들마저 깨우기 전에 서둘러 퀸에게 옷을 입힌다. 퀸에게 무슨 옷을 입힐지 깊게 생각하지 않는다는 건 사실이지만, 그건 퀸이 이제 겨우 세 살밖에 되지 않았기 때문이다. 여느 세 살짜리 아이들과 비교해서 터무니없이 다르게 보이지만 않는다면 겉모습이 어떤지 크게 신경 쓸 필요가 없는 때니까. 게다가 어린애들이 다 그렇듯이, 퀸이 입은 옷이 더러워지는 동안은 내가 아이의 머리를 묶어주는 법을 아예 모른다는 사실을 아무도 눈치채지 못할 것이라는 게 내 지론이다.

그러나 사실은 사실이었다. 한 달쯤 전부터 퀸에게 옷 입히는 일이 점점 어려워지고 있다는 사실은 부인하지 못하겠다. 한 달 동안 매일 아침 퀸하고 하는 첫 대화는 이런 식이다.

"아빠, 나 파티 드레스 입고 싶어."

"밖에 추워. 으으으, 추워! 바지 입어야 해."

"시이러!"

"(명랑한 말투로) 안돼! 아빠는 바지 입을 건데?"

"싫어! 아빠 미워!"

퀸은 기도하는 이슬람교도마냥 카펫에 이마를 댄 채 옷장 구석에 주저앉아 소리를 지른다. 이상한 일이었다. 퀸은 이 어려운 시기 내내 제 엄마의 미적 판단에는 기꺼이 동의했지만, 내가 자기의 드레스 룸에 들어서자마자 반항한다. 기온이 7도가 조금 넘는 구름이 잔뜩 긴 날에 몸에 꼭 끼는 옷을 입겠다고 고집을 부린다. 27도 가까이 되는 햇빛이 강한 날에는 모직 스타킹을 신겠다고 떼를 쓴다. 바지와 티셔츠를 입어야 하는 날에도 (내가 보기에 매일이 그렇지만) 홀란댄스 옷을 입겠다며 자기 마음대로 될 때까지 소리를 질러댄다. 내 생각에 퀸은 완전히 비이성적이다. 엄마나 선생님처럼 퀸의 인생 속 여자들이 생각하기에는 퀸이 마침내 당연히 나의 무능함에 반기를 들기로 결심한 것이고.

나는 어떤 상황에서든지 내가 했던 모든 일이 틀림없이 올바른 일이었다는 사실을 적어도 스스로에게 증명하려는 편이다. (아내는 내 이런 성향을 작은 페니스 증후군이라고 부른다.) 이번에는 내 의견보다 더 큰 힘에 굴복해서 새로운 방식을 시도한다.

"파티 드레스 입고 싶어."

"그러자! 드레스 골라!"

"알았어, 아빠! 그리고 엄마 립글로스 바르고 싶어."

"그렇게 해!"

"아빠, 최고야!"

더할 나위 없이 모든 게 순조롭다. 파티 드레스를 입은 모습이 어색하고, 립글로스는 페이스 페인트처럼 보이며, 머리 모양은 내가 어떻게 할 수 있는 정도를 넘어선다는 점만

빼다면. 사실 내가 우격다짐으로 바지와 티셔츠를 입혔을 때보다 더 나아 보이지 않는다. 허영심은 다른 사람들의 칭찬을 받고 싶다는 욕구가 아니라 스스로 결정하고 싶은 욕구에서 시작된다. 칭찬받고 싶은 욕구는 그다음에 따라올 뿐이다.

공포에 대처하는 아이들의 자세

《찰리와 초콜릿 공장Charlie and the Chocolate Factory》, 《제임스와 슈퍼 복숭아James and the Giant Peach》 등 어린이들을 위한 섬뜩한 이야기를 쓴 로알드 달Roald Dahl을 만나러 영국 교외에 있는 그의 집에 간 적이 있다. 로알드 달은 살만 루시디가 쓴 소설 《악마의 시The Satanic Verses》를 무책임한 자화자찬에 불과하다고 공개적으로 비난했다. 루시디에게 내려진 파트와 fatwa(이슬람 교리에 어긋나는지 여부를 해석하는 것으로, 법적 효력은 없지만 종교적 권위를 갖는다. 일종의 종교적 사형선고-옮긴이)를 딱히 지지하지는 않았지만 거의 지지한 것이나 다름없었기 때문에, 이를 명분 삼아 노작가를 만나 인터뷰를 했다. 그는 건강이 좋지 않았다. 거의 안락의자에만 앉아서 생활하고 있어서 앞으로 남은 날이 그리 많지 않은 것 같았지만, 함께 있기에는 더없이 좋은 사람이었다. 노작가가 루시디에 대해 말한 내용은 거의 생각나지 않고, 점심 식사 자리가 기억에 남는다. 다른 가족 몇 명이 함께 식사하러 모였고, 콜드컷 cold cuts(차가운 가공육을 슬라이스한 것-옮긴이)이 식탁에 올라왔다. 노작가는 콜드컷이 사람의 살과 얼마나 비슷한지 말하면서 사라진 친구의 시체로 만든 콜드컷을 먹게 된 아이들 이야기를 쓰려고 한 적이 있다고 했다. 나는 식탁에 있던 누군가 그만하라며 투덜댈 거라고 예상했지만, 노작가의 딸은 웃으면서 정육점 주인이 고기 절단기로 덩어리 햄을 자르다가 손바닥을 함께 자르는 광경을 직접 보게 된 이야기를 했다. 얇게 잘려 나간 손바닥이 절단된 햄 크기와 기가 막히게 맞더라는 말까지 해서 모든 가족들에게 즐거움을 선사했다. 지금 먹으려는 이 햄과 똑같다고? 점심 식사를 시작한 지 1분 만에 로알드 달의 가족들은 절단된 사지와 맥박이 뛰는 살덩어리 이야기의 강도를 경쟁하듯이 점점 높여 갔고, 그러면서도 햄 샌드위치를 맛있게 먹었다. 아마도 노작가의 아내를 제외한 나머지 가족들은 그로테스크한 동심을 어른이 되어서도 그대로 가지고 있는 것 같았다.

어린아이가 있다면 로알드 달 가족이 보여준 상상력의 매력을 충분히 이해할 수 있다. 어린아이에게 어른들의 세상은 그로테스크하다. 우선 너무나 터무니없이 균형이 맞지 않는다. 어린아이의 눈에 모든 어른은 괴물이다. 그리고 어른들의 세계에서 일어나는 모든 사건을 이해하려고 애쓰는 어린아이는 상황을 말도 안 되게 왜곡하기도 한다. 나는 지난주 출장을 갔는데, 출장 가기 전에 퀸이 물었다. "비행기 타는 거야?" "응." 나는 대답했다. "공항에 가는 거야?" 퀸이 다시 물었다. "그렇지." 나는 바로 답했다. "아빠 짐 속에 치킨을 넣을 거야?" 생각을 좀 해봐야 하는 질문이었다. 곧이어 이유가 생각났다. 수하물 수속을 뜻하는 'check-in luggage'를 'chickens in the luggage'로 읽었구나. 어린아이의 어휘 수준에 비춰봤을 때 어른들의 세계는 정말 이상하게 보였을 것이다. 어른들의 세계에서 온전히 아이들에게 즐거움을 주려는 의도에서 시작한 일이 어린아이의 입장에서는 괴상하거나 너무나 끔찍한 경우도 흔하다. 미키 마우스 사건이 생각난다.

　우리 집 근처에서 열린 생일 파티에 퀸을 데리고 갔을 때였다. 생일 파티의 하이라이트는 미키 마우스가 등장하는 이벤트였고, 이 미키 마우스 이벤트는 비밀에 부쳤다. 아이들이 모여서 잠시 놀고 있으면 미키 마우스가 문을 열고 갑자기 나타나 모든 사람들을 놀라게 하는 계획이었다. 그러나 퀸에게 비밀로 하기란 정말 어렵다. 괜찮은 비밀인 경우에는 특히나 그렇다. 퀸을 어르고 달래는 데 미끼로 이용하고 싶다는 생각이 들기 때문이다. 결국 나는 퀸을 자동차 시트에 앉히기 위해 차에 얌전히 타면 미키 마우스를 만나게 된다고 말해주고 말았다. 실물 크기의 미키 마우스를. 퀸은 그 제안이 만족스러운 듯 보였다.

우리는 생일 파티 장소에 도착했다. 퀸은 사람들이 북적거리는 곳에 갔을 때면 매번 보이는 수줍음을 떨쳐버리고 곧 다른 아이들과 어울려 놀았다. 그러나 걸어 다닐 수 있는 어린아이들로 가득한 방에 평온함 같은 건 없다. 나쁜 일은 항상 일어나게 마련이다. 생일을 맞은 여자애의 아빠가 미키 마우스에 문제가 있다는 소식을 전했다. 어린이 생일 파티에 미키 마우스를 파견하는 회사에서 조금 전 전화로 미키 마우스가 아프다는 연락을 해 왔단다. 회사 측에서 대역을 찾으려고 수소문한 끝에 한 명을 찾았지만, 6시간이나 걸리는 곳에서 살고 있다고 했다. 이곳으로 오는 중이지만 늦을 거라고 덧붙였다.

약속을 지키려는 노력은 높이 평가해야 하지만, 6시간이면 버클리에 있는 우리 집에서 네바다 주 리노까지 갈 수 있다. 실제로 리노에 사는 어떤 불쌍한 남자가 이날 아침 일찍 자동차 트렁크에 미키 마우스 의상을 넣고는 지금 서둘러 미국 대륙을 횡단하고 있는 중이었다. 방을 가득 채운 세 살짜리 아이들을 웃기려고 말이다. 더구나 이 남자는 진짜 미키 마우스가 아니라 대역일 뿐이다.

1시간쯤 지났을 때 퀸은 커다란 나무 난간의 한쪽 끝에서 인형의 집을 가지고 놀고 있었고, 다른 애들과 어른들은 난간 반대쪽에 몰려 있었다. 나는 퀸이 떨어지지 않도록 4초마다 한 번씩 난간 쪽을 쳐다보며 생당근을 우걱우걱 씹고 있었다. 그때 퀸과 다른 사람들 사이 난간 위로 미키 마우스가 갑자기 나타났다. 미키 마우스 복장을 제대로 갖추고 있었다. 그렇지만 여전히 부족한 점이 있었다. 우선 혼자가 아니었다. 뒤로 귀신 같은 모습의 도우미가 풍선을 들고 나타났는데, 땀을 너무 흘리는 나머지 아이들 중 하나가 제 엄마를 향해 이렇게 말했다. "엄마, 이 아저씨 수영하고 왔나 봐!" 두 남자 모두 리노에서 자동차를 타지 않고 뛰어온 듯한 모습이었다.

하지만 진짜 문제는 미키 마우스였다. 미키 마우스를 생각했을 때 떠오르는 작고 귀여운 모습이 아니었다. 덩치가 큰 남자가 맞지도 않는 작은 미키 마우스 의상에 몸을 구겨 넣은 모양새였다. 커다란 머리 탈은 이리저리 흔들려서 마치 목이 반쯤은 절단된 것 같았다. 하얀색 장갑은 손등에 난 두꺼운 털을 가리지 못했다. 미키 마우스의 검은색 바지마저 빌려 입은 듯했다. 처음으로 본 아이에게 인사하려고 허둥대며 몸을 구부리자 엉덩이 골이 드러났다. 남자가 처음으로 본 아이가 바로 퀸이었다.

나는 이 광경을 퀸의 관점에서 상상해봤다. 실은 미키 마우스를 만난다고 하니 반가운 척하려고 했을 뿐 이런 피조물이 등장한다는 말을 들어본 적이 없었다. 머릿속으로 상상했던 미키 마우스 대신 180cm가 훌쩍 넘는 커다란 설치류가 얼굴이 번들거리는 조수를 데리고 나타날 줄 누가 알았을까. 미키 마우스가 털투성이 손을 올려놓을 새도 없이 퀸은 얼굴이 겁에 질려 일그러지고 소리를 지르기 시작했다. 신나서 외치는 소리가 아니었다. 영화 〈사이코Psycho〉의 샤워 장면에서 여주인공 자넷 리가 외치는 비명이었다. 나는 부리나케 난간을 가로질러 달려가 퀸을 꽉 껴안고 5분 정도 달랬다. 퀸은 진정이 되자 내 품에서 벗어나 다시 생일집으로 달려 들어갔다.

"어디 가니?" 나는 퀸의 뒤통수에 대고 소리쳤다.

"미키 마우스 찾으러!" 퀸이 대답했다.

이후 한 시간가량 퀸은 미키 마우스와 재미있게 놀았다.

나에게도 낯설었고, 내 생각에 미키 마우스에게도 어색했을 방식이었다. 퀸에게 미키 마우스는 귀여운 캐릭터가 아니라 연쇄 살인자였다. 톡 쏘는 라임 맛을 가미한 디즈니 만화였다. 퀸은 살금살금 미키 마우스 앞까지 다가가서는 미키 마우스가 눈치를 채자 큰일이 난 것처럼 소란을 피우며 쏜살같이 도망쳤다. 이상한 광경이었다. 아내와 나는 공포영화를 참으면서 보진 않는다. 퀸도 커서 공포 영화는 좋아하지 않을 거라고 장담한다. 하지만 어린아이에게 공포 영화나 다름없는 상황을 퀸은 맨 정신으로 즐기고 있다. 퀸이 다른 아이들과 비슷하지 않았다면 제정신이 아니라고 생각했을 것이다.

세상의 모든 아빠는 겁쟁이다

아빠가 되면서 내가 놀라게 된 많은 것들 중 하나로, 위험에 대한 판단이 상당히 바뀌었다는 것을 들 수 있다. 사실 위험의 종류는 다양하다. 정서적 위험, 사회적 위험, 재정적 위험, 육체적 위험 등. 그러나 단순히 아이가 있다는 사실을 일종의 정서적 위험으로 간주하지 않는다면, 아이가 있기 전과 비교했을 때 더 기꺼이 감수하는 위험은 머리에 떠오르지 않는다. 위험한 일이 없는데도 나는 점점 겁쟁이가 되어가고 있다. 전에는 그렇지 않았는데 요즘은 위험을 회피하는 행동을 하거나 그런 감정을 느낀다. 말하자면 이런 경우다.

사례 1

요전 날 밤 아내와 영화 〈마이너리티 리포트Minority Report〉를 보러 갔다. 불과 몇 년 전이라면 나는 환호했을 것이고 아내는 적어도 참고 볼 만한 부류의 영화였다. 그러나 영화 중반에 어린아이가 공공 수영장에서 유괴를 당한다. 그것만으로 아내의 기분이 엉망이 되었고, 나는 영화 끝나고 먹기로 한 저녁은 건너뛰고 곧장 집으로 가서 우리 아이들에게 끔찍한 일이 벌어지지 않았는지 확인해야겠다는 생각이 들었다. 분명히 신경과민 현상이다. 내가 사는 캘리포니아 주 버클리의 공공 수영장에서 아빠가 물속에서 숨을 참고 있는 동안 어린아이가 유괴당한 사건이 단 한 번이라도 있었는지 모르겠다. 더구나 밤에 잘 때는 베이비시터가 지키고 있는데 말이다. 하지만 나는 유괴 문제에 대해 더 이상 이성적이지 않다. 내 감정은 어린애들의 고통에 관한 자극적인 싸구려 속임수와 통상적인 어린이 살인 사건 발생 비율을 두고 현재 언론이 보이는 지나친 흥분에 쉽사리 흔들린다. 영화 〈리처드 3

세Richard III)에서 악당이 어린 왕위 계승자 두 명을 침대에서 질식시켜 죽이는 장면은 끝까지 볼 수 있다고 생각한다. 그러나 21세기 미국에서 볼 수 있는 사건과 비슷하다면 나의 하루는 엉망이 된다.

사례 2

나는 더 이상 주식시장에서 한몫 잡는 투자를 좋아하지 않는다. 예전에도 그렇게 좋아하지는 않았지만, 주식시장이 붕괴하기 훨씬 전이기는 해도 퀸이 태어나면서 그런 식의 투자에서 얻는 즐거움은 사라졌다. 퀸이 태어나면서 나는 내 인생에서 처음으로 돈 문제를 조금씩 걱정하기 시작했다. 특별히 돈 문제를 걱정할 이유는 없지만, 걱정을 멈출 수는 없다. 사람들은 금융시장의 분위기를 말할 때 시장이 그 분위기를 주도한다고 생각하는 편이다. 하지만 완전히 그런 것은 아니다. 몇 년 전 〈미시건 메디컬 저널Michigan Medical Journal〉에 실린 한 논문은, 2000년대 초 닷컴 열풍이 말도 안 되는 수준까지 불어닥친 이유가 수많은 투자자들이 자제력을 낮추는 약을 복용했기 때문이라고 주장했다. 그러면서 미국 투자자들의 3분의 1이 우울증 치료제 프로작Prozac 등 기분을 좋게 하는 약을 복용하고 있는 상황에서 그렇게 많은 사람들이 금융시장이 계속 상승세를 타기만 할 거라고 믿은 것은 놀라운 일이 아니라고 끝을 맺었다.

어린아이들 역시 재정적으로 영향을 미치면서 기분을 바꾸는 약과 같다. 그 효능은 프로작과는 정반대이다. 어쨌든 현금과 채권을 선호하는 현재 나의 투자 취향은 적어도 부분적으로는 부모가 되었기 때문으로 보인다.

사례 3

전에는 모르는 사람이라도 특히나 목욕을 해야 할 정도로 행색이 남루한 사람들은 도와주기도 했지만, 더는 그렇게 마음이 열려 있지 않다. 나는 아이가 없었다면 생기지 않았을 막연한 적대적 반응을 일주일에 몇 번씩 낯선 사람에게 보인다. 가령 집 근처 공원에서 어슬렁거리는 부랑자를 볼 때 그렇다. 현관문을 두드리며 어떤 종교 단체에 가입하기를 권유하거나 청원서에 서명해달라고 요청하는 사람들을 보는 것도 예전에 비해 달갑지 않다. 때로 모르는 사람을 차에 태워주기도 했었지만, 지금은 생각조차 하지 않는다. 도움이 필요한 낯선 사람에게 손을 내미는 경우는 언제나 적었지만, 이제는 아예 없다.

사례 4

9.11 테러가 있기 훨씬 전이지만 첫아이가 태어나고 얼마 되지 않았을 때 나는 처음으로 경미한 비행 공포를 경험했다. 등에 낙하산을 메고 정말 가벼운 마음으로 비행기에서 뛰어내릴 수 있는 시기가 내 인생에도 있었다. 그러나 이제는 비행기를 탈 때마다 운명에 대한 과장된 감정에 휩싸인다. 단지 비행기 엔진이 화염에 녹아 형체가 없어지고 마지막 추락 단계에 접어들 때 오랫동안 쳐다보겠다는 목적으로, 출장 갈 때면 아이들 사진을 챙긴다. 이따금 발작처럼 나타나는 이런 공포심은 이론의 여지가 없이 한심한 수준이다. 겁쟁이가 되었다는 이유 외에 내가 내놓을 수 있는 유일한 변명이라면, 나의 비극적인 죽음으로 인해 초래되는 복잡한 상황이 상상이 된다는 것이다. 아이가 있기 전에는 죽는 것을 두려워할 특별한 이유가 없었다. 내 죽음으로 인한 결과에 대해 별다른 생각이 없었기 때문이다. 조금은 어처구니없는 사고로 죽는다고 해도 그렇게 문제가 될 것 같지는 않았다. 그러나 이제는 아빠 없이 남겨질 아이들과 혼자서 아이들을 책임져야 하는 아내 때문에 내 인생이 더 중요해진 듯하다. 물론 허비할 시간이 더 줄어들었다는 면에서는 덜 중요해졌다고 볼 수도 있다.

이런 모든 감정이 다소 바보 같다는 것을 안다. 하지만 어느 정도 사실이기도 하다. 내 아이들이 제정신이 아니라는 것도 확실히 안다. 아니면 어떤 어른이 내 아이들처럼 행동한다면 정신병원에 입원하게 될 것이라는 사실 정도는 안다. 내 아이들한테 전염이 된 건가?

아빠에게 사고가 나면 어떤 일이?

정신이 들었을 때 가장 먼저 알아챈 것은 여기가 어디이든 전에 와본 적이 없다는 사실이었다. 반듯이 누워 얼굴에 산소마스크를 쓴 채 고개를 들어보니 은백색 벽과 반짝이는 불빛, 짙은 푸른색 점프 슈트를 입은 남자가 등을 보이고 서 있는 모습이 보였다. 산소마스크 때문에 소리 내서 부르기가 어려웠다. 팔을 들려고 했지만 들 수 없었다. 팔다리가 끈으로 고정되어 있었다. 게다가 머리도. 맨가슴과 그 가슴에 붙여놓은 몇 가닥 선에 곧장 시선이 갔다. 배 쪽에 응고된 핏자국이 보였다. 면바지에도 흐릿하게 붉은 자국이 말라 있었다. 왼쪽 얼굴에서 주르륵 흘러내리는 피의 온기가 느껴졌다. 보아하니 어떤 사고를 당한 것 같았다. 무슨 사고였지? 생각이 나지 않았다. 그러나 TV에서 본 대로 해야겠다는 생각은 들었다. 나는 손가락과 발가락을 차례대로 움직여 보았다.

푸른색 점프 슈트를 입은 남자가 돌아서서 내 얼굴에 씌운 산소마스크를 벗겼다. 다시 한 번 TV 프로그램이 생각나면서 내가 응급 구조 팀 병실 한쪽에 있다는 걸 알았다.

"발가락과 손가락 감각은 있어요." 나는 아는 체하면서 말을 건넸다.

"이름이 어떻게 되세요?" 남자가 물었다.

내 이름을 말했다. 하지만 본래 내 목소리처럼 들리지 않고 어색하고 인위적인 느낌이 들었다.

"좋아요, 마이클." 남자는 기분 나쁠 정도로 겸손한 태도로 웃으며 말했다. 이 남자는 내가 모르는 걸 알고 있었다. 뭐지?

"오늘이 무슨 요일인지 아세요?" 남자가 다시 물었다.

"무슨 요일인지 알고 지낸 적이 없는데요." 내가 답했다.

"요일을 알고 지낸 적이 없다고 하네." 남자가 말했다. 곁눈질을 하니 짙은 푸른색의 응급실 유니폼을 입은 또 다른 남자가 보였다. 그제야 뭔가 기억이 났다. 스케이트장 얼음 위에 있는 퀸. 스쿠터를 끌고 가파른 언덕을 올라가는 사람처럼 서툰 자세로 스케이트를 타고 퀸에게 다가갔다가 다시 기초반 스케이팅 수업으로 돌아갔던 기억이 떠올랐다. 수업에서 중급자와 초급자를 똑같이 취급했던 기억도 났다. 땅딸막한 체구의 아일랜드 남자가 회전하는 방법을 보여줬던 일이 떠오르면서 그때 했던 생각이 기억났다. '스케이트를 신고 회전하는 건 자살행위나 다름없군.' 하지만 애초에 스케이트를 타고 있던 이유는 기억나지 않았다.

"주소는 아세요?"

가까스로 기억이 났다.

"마이클, 꽤 재밌는 분이군요."

그때 스케이트를 타고 있던 이유가 생각났다. 우리 세 가족이 함께 의미 있는 일을 해야 한다는 아내의 계획 때문이었다. 퀸에게 여전히 특별한 존재라는 사실을 일깨워줄 수 있는 일. 우리는 의미 있는 일을 찾아다녔고 스케이팅으로 결정을 봤다. 아내는 스케이트를 탈 줄 알았지만 퀸과 나는 몰랐다. 우리 부녀는 나란히 스케이트 타기를 배울 것이다. 잠깐이나마 그렇게 화목한 분위기 속에서 곧장 인근 스케이트장으로 출발했던 것 같다. 그런데 왜 우리가 퀸에게 넌 특별하다고 자꾸 말해줬는지, 그 이유는 기억이 안 난다.

"아내와 딸은 어디 있습니까?" 내가 물었다.

"밖에 있는 선생님 차 안에 있어요." 남자가 말했다. "자동차 종류는 기억이 나세요?"

좀 더 명확하게 대답했다. "제가 얼마나 의식을 잃고 있었나요?" 나는 물었다. 남자는 대답하지 않았다.

"올해가 몇 년도지요?" 남자가 물었다. 순간 짜증이 밀려왔다. 머리가 지끈거렸다. 올해가 몇 년도인지, 내 차 종류가 뭔지, 저녁으로 뭘 먹었는지 나는 관심이 없었다. 나에게는 더 큰 문제가 있었다. 가령 '나는 누구인가?' 혹은 '나에게 벌어진 일이 일어나기 전의 나와, 지금의 나는 똑같은가?' 같은 문제들. 이 모든 게 흔한 일인지 알기 위해 이 남자가 차분히 앉아서 내 인생 이야기의 처음부터 귀 기울여주기를 바랐다. 그러자 다른 게 생각났다. 책! 머리를 부딪치기 전에 나는 책을 쓰는 중이었다.

"올해가 몇 년도인지 기억나세요?" 남자가 다시 물었다.

나는 몇 년도인지 말해줬다. 이번에는 답이 쉽게 떠올랐다.

"넘어졌던 기억이 나세요?"

"아니요."

"뭐가 기억나세요?"

"6주 안에 책을 넘기지 않으면 인생 끝이라는 게 기억나는군요."

남자는 약간 의아하게 나를 쳐다봤다. "좋습니다." 남자가 말했다. "그게 시작이었군요."

그래서 나는 남자에게 글 쓰는 문제에 대해 말했다. 주어진 자료가 너무 많아서 내가 다룰 수 있는 만큼만 자료의 양을 제한할 때 얼마나 기분이 오싹한지. 글쓰기를 마치는 데 방해가 되는 일이 있을 거라는 생각에 몇 개월간 얼마나 시달렸는지. 몇 개월 전 책의 절반에 달하는 원고와 함께 두 딸에 관한 육아 일기와 15년간의 개인 일기 등 이제까지 공개하지 않고 써둔 모든 글을 어떻게 도난 당했는지. 이웃이 목격한 바에 따르면 창문을 검게 코팅한 고급 트럭이 대낮에 내 사무실 옆에 나타났고, 트럭에 타고 있던 사람들이 내 사무실의 자물쇠를 따고 컴퓨터와 다른 방에 있던 백업파일까지 몽땅 훔쳐가는 바람에 아무것도 남지 않았지만, 지문도 남기지 않아서 결국 미스터리가 되어버렸다는 것도.

기적적인 두뇌의 화학작용 덕분에 나는 내 말이 정신이 상자처럼 들린다는 걸 알았다. "정신 나간 얘기처럼 들린다는 거 압니다." 나는 말했다.

"말씀하신 게 다 일어난 일이라고요?"

"전부 일어난 일입니다." 나는 대답했다.

말없이 계속 나를 응시하는 남자에게 설명했다. 분실한

원고를 보충하려면 아빠로서 나의 의무 대부분을 포기해야 하는데, 그 사실을 아내가 어떻게 이해하거나 이해하는 척 했는지. 몇 개월에 걸쳐 '가장 기본적'이라는 의무를 어떻게 다시 정했는지. 집에 들어갔을 때 남편이나 아빠로서 공포의 비명을 유발하지 않으면서 할 수 있는 일이 얼마나 없는지. 원고 마감일이 다가올 때 변명을 대는 데 얼마나 소질이 있는지. 생후 6개월 된 딕시의 삶에서 아빠는 크게 보탬이 되지 않아서 개의치 않는 것처럼 보이지만, 퀸은 얼마나 다른지. 내가 퀸에게 약간 거리를 두는 순간 퀸이 엄마를 미치고 펄쩍뛰게 만들었고, 퀸은 단것만 먹고 만화만 보려고 했고, 단것도 못 먹게 하고 만화도 못 보게 하자 퀸은 제 엄마를 '멍청한 아줌마'라고 부르는 못된 버릇이 생겼고, 엄마한테 그렇게 말하지 말라고 하면 어처구니없게도 '얼간이!'라는 말을 내뱉었고, 그즈음 퀸은 처음으로 좋지 못한 성적표를 받았고, 선생님은 퀸이 대체로 활발하지만 때로 까다롭다고 했고, 내가 잠깐씩 집에 들를 때면 까다로운 모습보다는 다소 공격적인 모습을 보여 좀 걱정을 했었고, 크리스마스 아침 마지막 선물을 열었다는 걸 알게 되자 퀸은 고개를 들고 이렇게 말했다는 거. "아, 젠장." 그래서 내가 이렇게 생각했다는 거. '이런, 빌어먹을. 어디서 저런 애가 나왔지?'

마지막 말을 했을 때 남자가 웃었다. "정상이야." 남자는 동료에게 소리쳤다. 그러고는 뇌 손상이 있는지 확인하기 위해 나를 외상센터로 데려가려던 계획을 변경했다. 대신 머리에 난 상처를 꿰매기 위해 응급실에 데려가기로 했다. 그 전에 아내를 구급차로 데려왔고, 아내는 퀸과 함께 앞서 내가 언급했던 차를 타고 바로 뒤따라가겠다고 말했다. 아내는 그런 상황에 아주 적합한 인물이다. 화상을 입었을 때 얼음이 필요한 것처럼 위기 상황에 잘 대처한다. 날보고 자신의 뇌 상태를 먼저 걱정하는 겁쟁이라고 꼭 집어 말한 다음, 퀸은 걱정할 필요가 없다고 잘라 말했다. 피 웅덩이에 쓰러져 있는 아빠의 모습을 보기 전에 잽싸게 스케이트장에서 퀸을 데리고 나왔다고 했다. 우리 아이들이 있는 그대로의 세상을 보지 못하게 하려고 얼마나 애쓰고 있는지 놀라울 따름이다. 잠깐이나마 아이들을 잊을 권리를 얻었을 때조차 그 권리를 포기하다니 더 놀라울 뿐이고.

사이렌을 울리며 구급차가 출발했다. 다른 것이 기억났다. 내가 책을 쓰는 데 너무 많은 시간을 보내느라 퀸에게 특별히 신경을 쓰지 못했다. 누군가 내 사무실 문을 부수고 들어와 내 책을 훔쳤기 때문에 나는 스케이트 타는 법을 배우고 있었다. 내 컴퓨터 메모리 도난 사건이 스케이트장 사고로 이어졌다.

남자는 다시 제자리로 돌아가 내 몸에 연결된 기계들 중 하나를 매만졌다. 우리의 대화가 다 끝났다고 생각하는 듯했다. 그렇지 않았다. 내 정신은 온전치 않았고, 나는 그 사실을 알았다. 나는 생각했다. '머리를 부딪쳐서 예전과 같지 않다면 어떻게 알 수 있지? 그런 생각을 했다면 이전과 같은 건가?' 잘 모르겠다. 계속해서 얘기하는 방법밖에 없다는 것만 확실할 뿐. "이 책을 빨리 끝내야 해요." 나는 약간 절박하게 말했다.

"아, 네." 남자가 답했다.

"아니요. 아직 문제가 있다고요."

"네?"

"책이 무슨 내용인지 기억이 나지 않아요."

"잠시만요." 남자가 말했다. 남자는 내가 귀찮다는 사실을 숨기려고도 하지 않았다. 내가 응급 구조대원을 귀찮게 하다니! 나는 잠이 들었었나 보다. 다시 정신을 차려보니 구조대원이 아니라 여자 의사를 보고 있었다. "작가라고 들었어요." 의사가 말을 걸었다. "뭐에 대해 쓰세요?"

곧 의사는 그렇게 물어봐서 미안하다고 했다. 기억이 난 것은 그때였다. 야구! 나는 야구에 관한 책을 쓰는 중이었다. 의사가 내 머리에 난 상처를 꿰매는 동안 나는 무료로 나의 글쓰기 이력을 읊어주었다. 가족의 생활에 대해, 내가 간혹 쓰는 일기를 포함해서 가장 최근에 쓴 글까지 전부 다. 가령 바로 이 병원에서 태어난 내 아이의 출생에 대해 쓴 글이 있다고 말했다. 파리에 살았던 이야기를 하며, 그 당시 경험을 쓴 글을 발표한 적도 있다고 했다. 그 말에 의사가 화들짝 놀랐다.

"그거 읽었어요!" 의사가 말했다.

이루 말할 수 없을 정도로 기분이 좋아졌다.

"뤽상부르공원에서 아들과 있었던 이야기, 정말 좋았어요."

"그건 애덤 고프닉Adam Gopnik(여행, 스포츠, 음식, 영성 등 다양한 분야의 글을 쓰는 미국 작가-옮긴이)인데요." 내가 말했다. 항상 머릿속으로만 생각해왔던 기분을 처음으로 느꼈다. 아, 이 분노. 아, 이 존재의 시시함. 숨이 막힐 정도로 화가 치밀어 오른 뒤 밀려오는 짜증이 너무나 익숙한 나머지 인정하지 않을 수 없었다. 나는 여전히 나였다.

워커

WALKER

아이가 둘이 될 때까지 우리 부부에게 숫자 '2'는 나무랄 데 없는 것처럼 보였고, 아이가 둘이 되었을 때 나에게는 어느 정도 적당한 숫자 같다는 느낌이 들었다. 아이 둘은 항상 계획에 있었다. 우리는 5년 전 주거 공간을 최대한 넓히면서 두 아이에게 각각 방을 주겠다는 생각으로 엄청난 비용을 들여서 집을 고쳤다. 그러고 나서 어느 날부터 아내가 밤에 의미심장한 표정으로 나를 한참 쳐다보고는 이런 말을 하기 시작했다. "누군가 빠진 기분이 들어." 아내는 우리가 셋째 아이를 갖는 문제에 대해 의논을 하려고 생각했겠지만, 물론 그건 아내가 이미 셋째를 갖기로 마음을 먹었다는 의미였다. 아내의 결심을 막는 일은 나에게 달려 있었다. 다시 말해 셋째 갖기를 실행에 옮기는 일은 그저 시간문제일 뿐이었다. 그러니까 결국 그게 그거였다. 아내는 집수리를 했던 건축업자에게 전화를 걸어 방을 하나 추가하겠다고 말했다.

삐! 삐! 삐!

귀에 거슬리는 알람 소리에 잠에서 깼지만 움직이지 않는다. 베개와 따뜻한 담요만 몇 개 더 있다면 병원 분만실은 더할 나위 없이 편안했을 것이다.

삐! 삐! 삐!

출산 장면을 두 번이나 직접 보면서 내가 얻은 전문 지식이라면 분만실에 있는 기계에서 나오는 알람 소리는 전혀 걱정할 필요가 없다는 것이다. 연기 감지기나 공항의 보안 기기와 마찬가지로 미국인의 삶에서 거짓 소동을 일으키는 수많은 기기들 중 하나일 뿐이다. 그 외에 아이들이 태어나기를 기다리면서 내가 알게 된 점들을 모두 나열하면 이렇다. (1) 술 취하지 않은 상태로 도착할 것. (2) 관심 끌려고 하지 말 것. 간호사들을 불안하게 하니까. (3) 자신이 미미한 존재라는 걸 과소평가하지 말 것. (4) 잠을 좀 자둘 것. 아무도 자려고 하지 않으니까. 물론 아기가 태어날 때 온전한 정신으로 자리를 지키는 일은 중요하다. 만약 그러지 못할 경우 경멸과 비웃음을 살 것이며, 내가 없을 때 사람들이 내 흉을 볼 것이다. 그러나 아기가 태어나기 바로 전까지 분만실에 있는 남편은 이상한 처지에 놓인다. 급박한 현장에 들어오게 되었지만, 뚜렷한 목적이 있는 것은 아니다.

나는 알람 소리가 작게 들리도록 베개 하나를 더 머리 위에 대고 세게 눌렀다. 진통제를 투여하는 기기에서 울리는 소리 같았다. 거의 잠이 들었다 싶을 때 생소한 목소리가 들렸다. "10cm 열렸네요."

마지막으로 체인chains(미식축구에서 공이 10야드 이상 진행되었는지 체크하기 위한 도구-옮긴이)을 가지고 와서 측정했을 때는 겨우 4cm라고 했다. 10cm라면 분명히 전진이지만, 5년 가까이 지났기 때문에 퍼스트다운first down(미식축구에서 4회 연속 공격권 중 첫 번째 공격 시도-옮긴이)에서 몇 cm가 열려야 하는지 기억이 나지 않았다. 나는 소파에서 일어나서 자고 있었던 게 아닌 척하는 남자의 부자연스럽게 낭랑한 목소리로 물었다. "그래서 몇 cm가 더 열려야 하는 건가요?" 그제야 낯선 의사라는 것을 알아챘다. 의사는 나를 이상하게 쳐다봤다. "10cm 열렸다는 건 아기가 나온다는 말입니다." 의사가 말했다.

"아아."

나중에 알고 보니 이 의사는 우리 방에 2~3분밖에 있지 않았다. 게다가 아내는 이 낯선 의사에 대해 얘기를 듣거나 본 적도 없었지만, 지금 이 의사의 말처럼 자신은 곧 산부인과 의사를 그만두고 디트로이트로 이사를 간다고 하니 아무래도 우리의 인연은 여기까지일 것 같다. "저는 닥터 베이입니다." 의사는 등받이가 없는 의자를 당겨 오고 마스크를 집으며 말한다. 현재 시각 새벽 4시 23분이고, 내가 느끼기에 분만실은 몽롱하면서 기진맥진한 분위기이다. 닥터 베이가 공을 잡는 자세를 취하자 나는 "오이 베이oy vey."(실망이나 슬픔을 나타내는 이디시어 표현으로 '오, 저런.' 정도의 의미-옮긴이)라고 외친다. 하지만 어쩌다가 "아이 베이."라는 말이 튀어나오고 만다.

"여보, 그건 '오이 베이'지." 아내가 차분하게 말을 잇는다. "거울 좀 가져다줄래?"

나는 거울을 찾는다. 버클리에서는 출산할 때 반드시 거울이 있어야 한다. 산모는 진통으로 힘들 때 오감을 전부 다 이용해야 하며, 그렇게 해야 분만 과정이 경험이 된다고 믿는다. 완벽한 버클리식 출산이 실제 일어난 적은 없겠지만, 만약 있었다면 진통제나 의사 등 현대 의학의 개입 없이 결코 문명화하지 않는 방식으로 일어났다. 산모의 한쪽

에는 여러 명의 둘라doula(산모의 진통을 완화하고 출산을 잘 하도
록 옆에서 마사지도 해주고 위로의 말을 건네는 출산 전문 조력자-옮긴
이)가 나란히 서서 예로부터 이어져 내려오는 노래를 부르고
그 반대편에는 산모가 아는 모든 사람들이 자리했다. 발치
에는 아기가 나오는 장면을 산모가 볼 수 있도록 전신 거울
이 놓여 있고, 머리맡에서는 어미 늑대가 새끼를 핥아주고
젖을 먹였다. 향료가 가득 담긴 단지에서는 이산화탄소를
배출하지 않는 차분한 향이 퍼져 나왔다. 탯줄은 보관했고,
불에 태우지 않으면 재활용했다.

아내는 결코 완벽한 버클리식 출산을 원하지 않았다.
하지만 7년 반 전 첫아이를 낳을 때 의사 대신 산파를 부를
생각을 잠깐 했었고, 진통제를 맞지 않는다면 출산이 더 의
미 있는 경험이 될 거라고 봤다. 아내는 마사지를 받을 때
사용할 향이 좋은 오일과 음악을 골랐다. 아기를 낳는 동안
준비된 오일로 발 마사지를 해줄 둘라를 고용했는데, 칠면
조 샌드위치를 먹으러 가서는 돌아오지 않아 처음에는 의
사에게, 다음에는 아내에게 엄청난 짜증을 안겨줬다.

그게 7년 반 전의 일이었다. 호리호리한 체형에 골반이
좁고 육체적인 고통을 거의 참지 못하는 점을 봤을 때 아내
는 출산에 적합하지 않았다. 바로 이 병원에서 첫아이를 낳

을 때 아내는 출혈이 심했다. 의사들이 아내의 생명을 구했고, 별달리 극적인 일이 없어서 이후 한참 동안 당시 의사들이 어떤 일을 한 건지 알아채지 못했다. 다시 이 병원에서 둘째를 낳을 때는 의사들이 아내뿐 아니라 둘째 딸애까지 살렸다. 둘째는 역사에 남을 만한 비극적인 각도로 산도에 진입했었다. 셋째 아이를 임신했을 때 아내는 둘라나 오일 마사지에 관심이 없었다. 오로지 고통 없고 감염 걱정 없고 인간미 없는 현대 의학에만 기대고 있다. 감각이 없어져도 좋단다. 병원에서 집까지 지하로 연결된 튜브가 있어서 출산 전에 진통제를 맞을 수 있다고 하면 아내는 첫 번째 유료 고객이 되었을 것이다. 오리지널 버클리식 출산법 가운데 아내한테 남은 것은 거울뿐이었다.

"자궁 수축이 일어나는 게 느껴집니까?" 의사들이 묻는다.

"약간요." 아내는 거짓말을 한다. 고맙기도 하여라. 만약 자궁이 수축되는 것을 느꼈다면 아내는 고래고래 소리를 지르고 있을 것이다.

삐! 삐! 삐! 다시 진통제가 투여된다. 다른 간호사가 나타난다. 거의 분명히 처음 보는 또 다른 낯선 사람이다. "앤지의 휴식 시간입니다." 앤지는 진통제 기기에 문제가 뭔지 아직까지 파악하지 못한 간호사였다. 앤지가 병실에서 나간다. 닥터 베이는 찌르고 누르고 마사지를 하며 기다린다. 닥터 베이 뒤쪽 벽에 붙어 있는 작은 팻말에 우리 아기가 보게 될 첫 문장이 쓰여 있다. '특급 서비스를 제공하기 위해 최선을 다합니다.'

"진통제가 한 번 투여된 거 같네요. 힘주세요."

아내는 얼굴이 시뻘게지고 눈이 튀어나올 정도로 힘을 준다.

"숨을 참지 말아야 하나 봐." 나는 옆에서 한마디 거든다. 아무도 신경 쓰지 않는다. 30분 동안 낮잠 한 번 자는 바람에 말을 할 수 있는 보잘것없는 권리마저 잃어버렸다.

"뭔가 느낌이 있나요?" 의사들이 묻는다.

"별로요."

"화장실에서 힘을 준다고 생각해보세요." 의사들이 말한다.

나는 상상이 현실이 될까 봐 걱정하며 '그라운드 제로'에서 조금 뒤로 물러서서 아내의 정수리를 쓰다듬는다. 그러나 이런 행동은 역할을 찾는 배우처럼 나를 더욱 고립시킬 뿐이다. 단지 바쁘게 보이고 싶어서 나는 아내의 한쪽 다리를 꽉 붙들고 뒤로 잡아당긴다. 그런 다음 노 젓는 수를 세는 노예선의 선장처럼 구령을 외치기 시작한다. "하나, 둘,

셋." 의사와 간호사들이 뒤로 넘어갈 듯이 웃으며 그만두라고 말하지 않을까 조금 기대하지만, 아무도 그러지 않는다. 사실 나 혼자만 대사를 읊는 것 같다. "하나! 둘! 셋! 하나! 둘! 셋!" 아내는 더 세게 힘을 준다. 아내의 눈동자가 눈 밖으로 튀어나와 천장에 닿을 것처럼 보인다.

"다 됐어요."

내 아이인 것 같은 생명체가 태어나는 장면을 공포에 질린 채 볼 수밖에 없는 순간이 온다. 지금이 바로 그 순간이다. 녹화를 하거나 기억해서 머릿속으로 여러 차례 되돌려봐야 하는 아름다운 광경일 것 같지만, 지켜야 하는 끔찍한 비밀 같은 느낌이 더 든다. 그러나 그 망할 놈의 거울 때문에 출산 장면을 피하는 게 어렵다. 10분 전에는 숨을 곳이 없었는데, 이제는 눈을 둘 곳이 없다.

아들일까, 딸일까? 우리는 태아의 성별을 몰랐다. 하지만 이제까지 딸만 있었기 때문에 아들 이름보다는 딸 이름을 두고 더 입씨름을 벌였다. 셋째의 이름은 클레멘타인에서 페넬로프, 피비, 스콧을 거쳐 다시 페넬로프로 되돌아갔다. 한밤중 양수가 터져 거실 전체에 흘렀을 때 우리는 여러 이름을 거쳐 도로 클레멘타인을 생각하던 중이었다. 나는 페니 루이스라는 발음이 마음에 들었고, 클레멘타인 하면

노래 생각이 나는 것 같았다.

"좀 전에 힘을 가장 잘 줬어요!" 의사가 말한다. "한 번만 더요."

"하나, 둘, 셋." TV 화면 속 리처드 시몬스Richard Simmons(미국의 피트니스 전문가-옮긴이)가 된 기분이다. '당신도 할 수 있습니다!'

"그렇게 한 번 더요."

"하나! 둘! 셋!"

흐르는 모래에서 털 없는 강아지가 빠져나오는 듯한 소리가 난다. 슈우우우욱!

"아들입니다!"

그렇게 워커 잭 루이스는 세상에 나왔다.

큰 아이들에게 아기를 소개하기

아내가 분만실에서 회복실로 자리를 옮기면 1단계가 끝나고 2단계가 시작된다. 1단계 내내 아기 아빠가 수행하는 힘겨운 임무란 바쁘지 않아도 바빠 보이는 게 전부다. 1단계에서 수행한 임무는 2단계를 준비하는 데 아무런 도움이 되지 않는다. 생각해볼 것도 없이 당장 2단계에서는 운전기사,

요리사, 간호사, 심부름꾼, 쇼핑 도우미, 수리공, 가족의 유일한 부양자, 싱글대디가 된다. 2단계에서 아기 아빠의 삶은 자유 시간이 줄어든 멕시코 이주 노동자의 삶과 다를 바 없다. 2단계에 들어가면 24시간에서 48시간 안에 지진해일처럼 밀려드는 자기 연민에 빠지고 만다는 사실을 경험으로 알게 되었다. 나는 그 시간을 십분 활용하기로 했다.

첫 번째 할 일은 갓 태어난 남동생을 만나서 일부 상속권이 박탈되는 기쁨을 직접 느낄 수 있도록 일곱 살과 네 살이 된 두 딸을 집에서 데려오는 것이다. 남동생의 출생으로 분명 딸애들은 심리적으로 미묘한 상태에 놓였을 것이다. 하지만 집에 들어섰을 때 그런 기미는 보이지 않고, 아이들도 보이지 않는다. 현관문 바로 안쪽에는 리즈 땅콩버터 컵 Reese's Peanut Butter Cup(컵 모양으로 생긴 초콜릿 안에 땅콩버터가 채워져 있는 디저트-옮긴이)이 폭발한 듯한 거대한 파편이 놓여 있다. 주방에는 20인분 정도의 팬케이크처럼 보이는 잔해가 있다. 오랫동안 사용하지 않았던 접시까지 주방 식기장 뒤편에서 몽땅 나와 있고, 몇 년 동안 손도 대지 않았던 장난감이 침실 바닥에 널려 있다. 정확히 13시간 전, 친절하고 마음이 넓은 이웃들은 우리 부부가 병원에 가서 아기를 낳을 수 있도록 한밤중에 잠자리에서 일어났다. 간단히 말해 내가 집을 비우고 멀리 가더라도 딸애들은 처음 본 이웃 사람들을 거리낌 없이 이용해서 새로운 삶을 개척하고 그걸 결코 후회하지 않을 것 같은 기분이 들었다.

마침내 나는 마당에서 마음씨 좋은 집주인들과 놀고 있는 아이들을 발견한다. "아빠! 아빠! 아빠!" 소리 높여 나를 부른다.

우리는 과장된 몸짓으로 포옹한다. 아이들은 내가 어디에 있었는지도 알고 엄마가 동생을 낳았다는 것도 안다. 하지만 뻔한 질문은 하지 않고 지난 6시간 동안 만든 다양한 미술 작품을 찾으러 쏜살같이 달려간다. "남동생이 생겼어!" 나는 멀어지는 딸들의 등에 대고 소리친다. 공교롭게도 두 아이 모두 남동생은 가장 바라지 않는다고 했다. "남동생이라고!" 나는 목소리를 높인다.

나조차도 중요한 경우에 느껴야 한다고 생각한 기분을 느끼지 못했기 때문에 딸들에게도 그런 기대는 하지 말아야 한다. 하지만 물론 나는 기대감을 갖는다. 아이들은 미니밴에 타고 나서야 마침내 정신을 차린다. "아빠?" 3열 좌석에 앉은 딕시가 묻는다. "아기는 어떻게 엄마한테서 나와?"

이 미니밴은 새것이다. 같은 차 안에 있는 사람이 그렇게 멀리 떨어져 있는 것처럼 느낀 적이 없다. 백미러로 보니 금발인 딕시의 작은 머리가 하나의 얼룩이다.

딱히 할 말이 없는 나는 헛기침으로 대신한다.

"아빠?" 큰딸 퀸이 묻는다.

"그래, 퀸."

"아빠 몸의 세포가 어떻게 엄마 몸으로 가는 거야?"

우리 차는 병원 주차장에 들어선다.

"주차할 곳 찾게 아빠 좀 도와줘."

퀸의 관심이 딴 데로 돌아간다. 우리 애들은 주차할 곳 찾기를 좋아한다. 베이 에어리어Bay Area(샌프란시스코 만의 연안-옮긴이) 지역에서 주차 공간을 찾는 일은 취미로 간주된다. 언젠가 두 아이가 어른이 되었을 때 심리 상담사가 "아버지와 함께 무엇을 했었나요?"라고 묻는다면 이렇게 답할 것이다. "주차할 곳을 찾았어요."

주차 공간을 찾자마자 병원 엘리베이터를 향한 레이스가 펼쳐진다. 늘 그렇듯이 먼저 오름·내림 버튼을 누르려는 필사의 전투가 이어지고 으레 딕시가 울음을 터뜨린다. 이미 오름·내림 버튼을 누른 퀸은 층수 버튼마저 누르고, 딕시 역시나 층수 버튼을 누르려 하기 때문이다. 아내의 배가 나오기 시작하고 얼마 되지 않아서부터 두 아이는 모든 것을 부족하게 여겼다. 어느 것이든 싸움의 구실이 되고, 아무리 사소한 물건을 두고도 서로 차지하려고 다퉜다. 지렁이 모양의 구미웜Gummi Worm 비타민이나 찢어진 스타킹을 두고도 서로 갖겠다고 싸웠다. 눌러야 하는 엘리베이터 버튼이나, 설마 그럴 리는 없겠지만 달랑 하나뿐인 사탕처럼 딸애들 앞에 있는 물건은 탐나는 대상이 되는 바람에 1분 안에 비명 소리가 들리고 2분 안에 울음소리가 들렸다. 신기하게도 두 아이는 사이좋게 지냈다.

활짝 웃고 있는 탓에 아이들이 엘리베이터 안에서 얼마나 가까스로 유혈 사태를 피했는지 절대 모르겠지만, 엘리베이터 문이 열리면 아이들은 셜리에게 폭 안긴다. 셜리는 매년 알타 베이츠 병원에서 태어나는 12,000명의 신생아들이 유괴되는 일을 막기 위해 배치한 위압감을 주는 거구의 경비원이다. 우리 부부가 아기를 만들기 훨씬 오래전부터 신생아들을 지키고 있으니 분명 임무를 성공적으로 수행하고 있다. 7년 반 전 퀸이 태어나자마자 유괴되는 일을 막고, 어떤 한심한 유괴범이 몇 년간 수면 부족에 시달리지 않도록 막은 것 또한 바로 경비원 셜리이다.

그러나 두 아이의 끝없는 레이스에서는 셜리조차도 작은 과속방지턱에 지나지 않는다. 의기양양하게 보안 명찰을 손에 넣은 아이들은 엄마의 병실 3133호를 누가 먼저 찾는지를 두고 레이스를 재개한다. 다시 퀸 우세. 딕시는 10이 넘는 숫자는 읽지 못한다. 딕시는 제 언니 뒤에서 짧은 다리로 최대한 빨리 달리며 새된 소리를 지른다. "언니, 기다려줘!" 퀸은 아내의 병실 문 앞으로 쏜살같이 달려간다. 그리고 놀랍게도 거기서 멈춰 선다. 퀸의 입장에서도 크고 차가운 병원 회복실 문은 질주를 이어가기에는 너무 버거운 장애물이다. 퀸은 소심하게 문을 두드리며 자신이 왔다는 것을 알리면서 딕시가 따라오기에 충분한 시간을 준다.

"옷 좀 입을게." 아내가 외치는 말이 들린다. 하지만 아내는 옷을 입으려는 것이 아니다. 분위기를 조성하고 있다. 비록 내가 한 건 없지만, 이 순간을 준비하는 데 많은 노력이 들어갔다. 아내는 형제자매 간의 질투에 관한 책을 수없이 사서 읽었고, 병원에서 하는 형제자매 예비 교실에 부단히도 딸애들을 데려갔다. 딕시에게 맞는 《탐험소녀 도라Dora the Explorer》 시리즈나 퀸에게 맞는 《내 친구 아서Arthur》 시리즈 등 형제자매를 주제로 유명 인사들이 더빙을 한 여러 가지 만화영화를 대여했다. 매주 일요일 밤에는 딸애들의 아기 때 비디오를 함께 봤다. 남동생을 보러 병원에 올 때를 대비해서 '남동생'이 주는 선물까지 사뒀다. 이처럼 요란한 선전 공세가 있기 전에 두 아이는 자신들이 강도 사건의 피해자가 아닐까 의심했을지 모르지만, 나중에는 자신들이 피해자라고 확신했다. 몇 달 동안 단 하루도 가슴 찡한 일 없이 그냥 지나간 적이 없었다. 대략 6,000개가 넘는 사례 가운데 하나를 들자면, 어느 날 오후 딕시를 데리러 유치원에 갔을 때 일이다. 딕시가 우울한 표정으로 운동장 주변을 걸어 다녀서 선생님이 고민이 있는지 물어봤더니 딕시는 이렇게 대답했다. "아기가 태어나면 엄마랑 아빠가 그만큼 나를 사랑하지 않을 거예요." 그런 생각은 어떻게 하게 되었느냐고 묻자 딕시는 "언니가 말해줬어요."라고 했다.

　나는 때로 우리가 잘못된 매뉴얼을 가지고 기기를 고친다는 생각이 든다. 잔디 깎는 기계 설명서를 들고 세탁기를 고치려는 식이다. 하지만 세 아이 모두 행복할 수 있는 여지를 찾겠다고 단단히 마음먹은 아내는 계속 밀고 나간다. 큰아이들이 처음 동생을 보러 왔을 때 그렇게 관심을 보이는 것 같지 않다면 동생이 자신의 몫을 빼앗으려고 한다는 큰아이들의 의구심을 줄여줘야 한다는 것이 일반적인 생각이다. 지금 아내가 하고 있는 방법이다. 딸애들이 병실 문 앞에서 기다리는 동안 아내는 자신의 침대에 함께 있던 워커를 멀찌감치 있는 아기 침대로 옮긴다.

　"됐어, 들어와!"

아이들은 문을 밀고 병실 안으로 들어간다.

"엄마, 아기 안아봐도 돼?" 퀸이 묻는다.

"아니, 내가 안고 싶어!" 딕시가 소리친다.

그렇게 워커의 정체성이 확립된다. 자동차 레이싱 팀의 정비 팀원이 타이어를 교체하는 것보다 빠른 시간 안에 퀸이 워커를 안고 딕시는 자신의 차례를 기다린다. 조리 있게 말로 표현할 수 없는 감정을 꾹 누르고 멀미할 때와 거의 구분이 되지 않는 표정을 한 채.

새벽에 찾아온 산후 공황장애

문제가 시작되기 전에 경고 신호가 있게 마련이지만, 나는 그 신호를 놓친다. 출산한 아내를 데리고 집으로 돌아온 오후는 이웃의 결혼식이 있는 날이었다. 퀸과 딕시는 결혼식에서 신부의 화동 역할을 할 예정이다. 아내가 천천히 걸음을 옮기는 동안 아이들은 머리 손질과 메이크업을 받고 신부를 운명의 구렁텅이로 인도하기 위해 다른 어른들 틈에 끼어 마크 홉킨스 호텔로 들어간다. '말썽꾸러기들이 집에 없으니 전쟁 같은 날들이 시작되기 전에 아내가 모처럼 하루 정도는 평화롭게 지내겠군.' 나는 그렇게 생각한다. 그러나 침대에 있는 아내에게 마더스 밀크티Mother's Milk Tea(모유 촉진 차-옮긴이)를 가져가니 아내는 흐느껴 울고 있다. "우리 딸들이 결혼을 할 때 그 자리에 있고 싶어." 마치 우리 이웃이 아니라 우리 딸들이 결혼하는 것처럼 말한다. 보기 드문 일이다. 아내는 서둘러 비극적인 결론을 내리는 경향이 있기는 하지만, 대개는 끝까지 가지 않고 멈춘다. 나는 아내를 안아주고 공감하는 태도를 취하며 말한다. 아이들이 공주처럼 한껏 멋을 내고 사람들 앞에 나서는 경우가 3,000번 정도는 될 텐데 그중 한 번 정도 놓치는 것은 별일 아니라고. 아내는 수긍한 것 같고 기분도 나아진 것 같다. '이 문제는 해결했고.' 나는 그렇게 생각하며 넘어간다. 가족은 오디오와 비슷하다. 오디오의 성능은 가장 부실한 부품이 결정하고, 가족의 행복은 가장 불행한 구성원에게 달려 있다. 그게 내가 될 때도 있지만, 다른 가족들이 되는 경우가 더 많다. 그렇기 때문에 나는 다른 가족의 불행으로 내 삶의 즐거움이 깨지는 일이 없도록 항상 촉각을 세우고 있어야 한다.

아내가 셋째를 낳고 돌아온 첫날 밤, 딸애들이 돌아오고 난 뒤에도 내 삶의 즐거움은 여전하다. 믿을 수가 없다. 방 안에 있는 다섯 식구 중 어느 누구에게도 아무 문제가 없다니. 10층짜리 건물에서 떨어졌는데 긁힌 상처 하나 없이 일어나서 걸어가는 남자가 된 것 같다. 내 삶의 모든 축복을 하나씩 세어보니 두 손으로는 모자라서 큰 축복만 생각해 본다. 아내는 세 번째 시도에서 처음으로 아기나 자신의 생명을 구하는 데 의사의 힘을 빌리지 않고 출산했다. 몸 상태가 좋은 아내는 병원에서 하룻밤 더 그냥 지낼 수 있는데도 거절하고 일찍 집으로 왔다. 갓난쟁이 아들 녀석은 건강하고 누나들과는 달리 합리적이다. 배가 고프면 소리 지르고, 방귀를 뀌기 전에 운다. 그 외에는 눈으로 보고 있는 세상이 만족스러운 듯하다. 누나들마저 잠잠해졌다. 8시간 동안 완전히 공주 대접을 받고 정신이 딴 데 팔려 있는 통에 남동생이 태어나면서 자기들 몫이 줄어든다는 의구심은 다소 줄어든다. 우리는 동화 속에 나오는 가족처럼 벽난로 앞에 앉아 난생처음 결혼식에 참석한 딸애들의 이야기에 귀를 기울인다. "결혼식장 통로를 걸어가는데 타코벨Taco Bell(멕시칸 패스트푸드 체인점-옮긴이)의 캐니언을 연주했어요." 퀸은 아는 체하며 말한다. (독일 작곡가 요한 파헬벨의 캐논이었거늘.)

이야기를 다 끝내자 두 아이는 하품을 하며 동화 속 어린이들마냥 얌전히 자러 가고 우리 부부에게는 동화 같은 여가 시간이 주어진다. 우리는 몇 주 동안 아무도 손대지 않아 쌓여만 있던 크리스마스카드를 가져와 내용 해독에 들어간다. 해마다 카드를 보내는 록 밴드 드러머가 있는데, 이 드러머는 매년 완전히 새로운 가족을 이룬다. 단지 아내만 새로 맞는 것이 아니라 사촌, 숙모, 숙부 등 친척들도 새로 맞는 듯하다. 이 사람들은 다 누굴까? 본 적도 없는 커플도 있다. 친절하게 동봉해준 사진을 봐도 알 수가 없다. 2006년에는 한 번이 아니라 두 번이나 만나서 정말 좋았다고 한다. 도대체 누구냐고?

행복한 어린 두 딸들은 이층침대에서 자고, 갓난쟁이 아들은 아내가 우리 부부 침대 옆에 조립해 놓은 독특한 모양의 기구에서 잔다. 더 이상 아기는 낳지 않을 테니깐 두 번 다시 필요하지 않을 거라며 아내는 고가의 접이식 아기 침대를 치워버렸다. 이윽고 아내가 아들을 데리고 자면 나는 맬서스의 《인구론An Essay on the Principle of Population》을 집어 든다. 아주 묘한 일이지만 나는 《인구론》 서문의 덕을 보았다 (저자가 편집자로 출간한 책 《The Real Price of Everything(2008)》을 말하는 것으로 생각됨-옮긴이). "나는 공평하게 두 가지를 가정해야 할 것 같다." 인류에 관한 예언 중에서 가장 유명하게 빗나간 예언을 제시하기에 앞서 맬서스는 이렇게 쓰고 있다. "첫째, 인간이 존재하려면 식량이 없어서는 안 된다는 것. 둘째, 남녀 간에 열정이 있어야 하며 대략 현재의 상태로 유지

되어야 할 것." 유나바머 성명서The Unabomber's Manifesto(첨단 문명이 인류를 망친다는 신념에 사로잡혀 1978년부터 1996년까지 미국 내 저명한 과학자들에게 폭탄 소포를 보내 살해한 천재 수학자 테드 카진스키가 자신의 명분을 적은 글-옮긴이)에 나타난 히스테리 증상을 보이면서 2007년쯤 가장 크게 우려되는 점은 옥수수 부족이라고 맬서스는 주장한다. 베이 에어리어의 다른 쪽에서는 폭죽이 터진다. 12월 31일 밤이다.

새벽 2시가 다 되어가는 시간에 누군가 쿡쿡 찌르는 통에 잠에서 깬다. 아내다. 전에는 본 적이 없는 얼굴 표정이다. "미안해." 아내가 말한다.

"괜찮아. 무슨 일이야?" 그러나 나는 심각한 일이라는 걸 이미 알고 있다. 아내는 마음을 진정시키려고 필사적으로 노력한다. 눈동자가 불안하게 흔들리고 한꺼번에 50군데가 가려운 것처럼 안절부절못한다.

"모르겠어. 정말 아주 무서워."

있지도 않은 마약이 필요한 중독자 같다. 공포에 휩싸여 있다. 더구나 공포의 대상이 무엇인지조차 모른다. 아는 거라고는 혼자 있을 수 없고, 내가 있어도 두려움에 몸이 떨려 눈조차 감을 수 없다는 것뿐. "응급실에 가봐야 할 거 같아." 아내는 주저하며 말하지만, 가봐야 할 것 같다. 하지만 지금은 새벽 2시이고, 집에는 어린아이들이 셋이나 있고, 이웃들은 모두 돌아갔으며, 가장 가까운 혈육은 3,200km 이상 떨어진 곳에 살고 있다.

"정확히 기분이 어떤지 말해봐."

"정말 나쁜 일이 생길 것 같은 기분."

아내 눈에 눈물이 그렁그렁하다.

"어떤 것도 제어가 안 되는 거 같아. 미칠 것 같은 기분이야."

5분 뒤 나는 한 손으로는 의사의 음성 사서함에 메시지를 남기고, 다른 손으로는 구글로 '출산', '공황'을 차례로 검색한다.

검색 결과 맨 위에 구약성서 시편 48장 6절의 대안 번역이 뜬다. '거기서 떨림이 저희를 잡으니, 고통이 해산하는 여인 같도다.' 검색 결과를 건너뛰고 읽으면서 아래로 내리자 관련 있어 보이는 항목이 나온다. '출산 후 나타나는 외상 후 스트레스 장애.'

"이런 거 들어본 적 있어?" 아내에게 묻는다.

"아니." 하지만 산모에게는 수많은 불쾌한 일이 일어날 수 있고, 한밤중 내 아내에게 일어나기 전까지는 들어보지 못한 것들이 대부분이다.

나는 아내가 뭔가를 무서워하는 모습을 본 적이 없는 것 같은데, 아내는 내가 이제껏 보아온 현실 속 그 누구보다 훨씬 더 두려움에 사로잡혀 있다. 영화 〈식스 센스The Sixth Sense〉에 나오는 어린 남자아이다. 아내는 죽은 사람을 본다. 하지만 타인의 고통을 마주했을 때도 침착함을 유지하는 능력을 타고난 나는 놀라움보다는 호기심이 든다. 실제 미친 사람은 자신이 미쳤다는 사실을 모른다. 구글로 계속 검색하다가 마침내 크리스틴 히버트Christine Hibbert라는 정신과 의사가 쓴 개연성 높아 보이는 웹 문서를 찾는다. "산후 공황장애를 겪는 산모들에게 나타나는 세 가지 공통된 두려움. (1) 죽음에 대한 두려움 (2) 통제력을 잃는 것에 대한 두려움 (3) 미쳐가고 있다는 것에 대한 두려움."

난생처음 얼핏 실물을 보고는 조류 관찰 책자에서 붉은목물새 사진을 찾는 기분이다. 이제 병명은 알았다. '산후 공황장애.' 산모 10명 중 1명 정도는 출산 후 산후 공황장애를 겪는다고 한다. 그런데 어떻게 한 번도 이 말을 들어본 적이 없는 거지?

마침내 의사로부터 전화가 온다. 의사는 아내 곁을 지키면서 아내를 진정시킬 수 있는 일을 하라고 조언한다. 하지만 아내가 완전히 이성을 잃고 흥분하게 될 수 있으며, 그럴 경우에는 병원에 가야 한다고 했다.

이후 6시간 동안 낯선 경험을 한다. 아내는 잠도 못 자고 어떤 끔찍한 생각을 할까 봐 눈도 감지 못한다. 하지만 나는 안다. 아니 안다고 생각한다. 아는 거나 안다고 생각하는 거나 둘 다 똑같기는 하지만. 아내는 시간이 지나면 저절로 낫거나 약을 먹으면 즉시 고칠 수 있는 일종의 화학적인 결함 때문에 고생하고 있다. 아내의 현재 기분은 아내의 본 모습과는 아무런 관계가 없다. 다시는 겪지 않을 사건 때문에 유발된 심적 상태일 뿐이다. 하루쯤 기분이 약간 우울한 것도 나쁘지 않다. 하지만 아내는 이런 점들을 모른다. 맬서스처럼 아내는 이 두려움이 영원할 것이라고 확신하지만, 자신의 확신만큼이나 용감하기도 하다. 놀랍게도 아내의 기분을 좋게 만드는 것은 나뿐이다. 나는 차를 만들어주고, 등을 쓰다듬어주며, 가능한 한 오랫동안 제정신 상태에서 즐겁게 지내려고 애쓴다.

세상에서 가장 유치한 아빠의 복수

어느 날 오후 나는 주방에 서 있는 아내가 다시 울려고 하는 모습을 본다. 병원에서 처방한 약은 아내의 머릿속에서 울려 퍼지는 비명 소리를 즉각 잠재웠다. 아내는 자신이 미쳐 가고 사랑하는 모든 이들이 곧 죽을 것이라는 공포에 휩싸인 상태에서 이따금 슬픈 상태로 바뀐다. 그러면 아내가 옷을 입거나 아기 젖병을 소독하며 눈물이 그렁그렁한 채 요하네스 베르메르Johannes Vermeer(일상적인 가사 일을 하고 있는 여인들의 모습을 그린 네덜란드의 화가-옮긴이)의 그림 속 여인처럼 가만히 서 있는 모습을 보게 된다. 문제가 뭐냐고 묻는 일은 소용없다. 바람이 빠진 타이어에 왜 공기가 없냐고 묻는 것이나 다름없다. 아내는 자신의 본 모습과는 정말 아무런 관련이 없는 이 이상한 산후 호르몬 저하 상태를 겪고 있을 뿐이다. 아내의 마음은 구조되고 싶은 상태에서 위로받고 싶은 수준으로 바뀌었다. 이론상 내가 개입해야 할 차례이다.

문제의 그 오후, 딸애들은 튜브 용기에 들어 있는 요구르트를 먹고 있다. 본래 냉동 제품이 아니지만, 이제는 얼려야만 먹는다. 집에 들어가니 두 아이는 포도 맛과 딸기 맛 가운데 누가 어떤 걸 먹을지를 두고 미친 듯이 싸우고 있고, 아내 눈에는 점점 눈물이 차오르고 있어서 아내를 안아주며 아이들을 향해 말한다. "너희를 이렇게 잘 돌봐주는 엄마가 있다는 게 얼마나 운이 좋은 건지는 아니?"

딕시는 포도 맛 요구르트를 차지하는 대결에 정신이 팔

린 나머지 내 말을 듣지 못한다. 반면 퀸은 잠시 고개를 들어 나를 빤히 쳐다보면서 말한다. "좋은 엄마는 많아."

　부모가 가장 상처 받기 쉬운 때에 차갑고 냉정한 평가를 내리는 건 퀸이 새롭게 쓰는 꼼수이다. 이틀 전 퀸과 딕시 모두 아파서 집에 있었고, 나는 아기 방을 만드는 데 얼마나 돈이 많이 드는지, 잠을 못 잤을 때 어떻게 다시 일을 할 수 있을지를 생각하며 걱정만 한가득 안고 출근했다. 기회가 생기자 퀸은 TV가 있는 거실로 살금살금 들어가 티보 TiVo(원하는 TV 방송을 자동으로 녹화할 수 있는 디지털 비디오 레코더 DVR 서비스 제공 업체-옮긴이)를 켜서 빌 게이츠의 일대기를 다룬 프로그램을 찾은 다음 함께 보자고 딕시를 불렀다. 한 시간 뒤 집에 돌아갔을 때 두 아이는 나를 기다리고 있었다. 퀸은 엉덩이에 손을 얹은 자세였고, 한 손 가득 베리를 쥐고 있는 딕시는 몰골이 엉망이었다.

　"아빠." 딕시가 진지하게 말했다. "멕시코 만류가 지나는 바다에서 베리를 조금 건졌어."

　"왜 그랬니?"

　"우리가 먹으려고. 우리는 가난하니까."

　빌 게이츠 다큐멘터리를 보고 난 다음의 깜찍한 반응처럼 보였다. 그런데 퀸이 '나는 권력 앞에 진실만을 말할 것이다.'라는 눈빛으로 나를 뚫어지게 쳐다보며 말했다. "아빠, 우리는 가난해. 그런데 아빠는 우리한테 그걸 말해주지 않았어. 아빠는 거짓말을 했어."

늘 그렇듯이 이것이 성장 발달의 문제인지, 아니면 단지 정신적인 문제라고 해야 할지 말하기 곤란하다. 좀 더 사교적인 방식을 선택하기 전에 타인을 공격할 수 있는 가능한 모든 방법을 스스로 찾는 것이 일곱 살 아이의 사고방식인가? 아니면 소프트웨어 업그레이드에 따른 버그일 뿐일까? 모르겠다. 어쨌든 내 품 안에서 울고 있는 아내가 기운이 날 만한 말을 찾지만 달리 생각나는 게 없다. "엄마는 너, 아빠, 딕시, 워커를 정말 잘 돌보고 있어. 나는 그런 엄마가 정말 자랑스러워." 마침내 한마디 한다.

"엄마 기분이 나아지라고 하는 말일 뿐이잖아." 퀸이 말한다.

막내아들이 태어난 지 불과 4주 만에 나의 두 딸은 사실상 무법자처럼 지내고 있다. 아무것도 잃을 게 없다는 듯 행동하는데, 실질적으로 보면 그렇지도 않다. 상당히 오랫동안 버릇없이 행동하는 바람에 금지할 수 있는 건 전부 다 금지했다. TV, 사탕, 디저트, 친구들과 노는 약속, 특별한 저녁 식사, 특별한 아침 식사, 엄마 아빠와의 특별 외출 등. 두 딸은 생존에 필요한 것 외에는 아무것도 주어지지 않는 소비에트 수용소의 복역수 커플 신세지만, 여전히 수용소 당국을 전복시키려고 한다. 어처구니없게도 학교에서는 여전히 귀여운 천사 같다고 선생님들은 입을 모은다.

어느 날 귀여운 천사 같은 딸들하고만 저녁을 먹고 있을 때이다. 아내는 다른 방에서 워커에게 젖을 먹이고 있다. 나는 누가 어디에 앉을지를 두고 그날 저녁 벌어진 10번째 싸움을 동전 던지기로 말리려고 했지만 실패했다. 처음에 딸애들은 싸움 해결책으로 동전 던지기 방식을 좋아했다. 공정하고 재미있고 새로웠으니까. 그때는 동전을 던지려고 꺼내면 이런 말이 이어졌다.

"내가 정할래!"

"싫어, 언니는 조용히 해. 내가 정할 거야!"

그러고는 다시 둘 다 고래고래 소리를 질렀다. 퀸이 빗으로 딕시를 때리거나 딕시가 손톱으로 퀸의 가슴을 할퀴거나 치명적인 상처를 입힐 때까지 두 아이의 소리 지르기가 계속될 거라는 것쯤은 이제는 안다. 앞서 그날 위안거리를 찾던 나는 때마침 사회심리학자인 친구와 점심 식사를 하면서 딸들의 이상한 증상을 설명했다. 채 반도 설명하기 전에 친구는 물었다. "모든 동물의 형제자매 관련 데이터는 알고 있어?" 나는 몰랐다. "오, 그렇군." 친구는 말을 이었다. "동기간에 서로 죽이는 일이 빈번하게 벌어져." 그는 몇몇 동물의 예를 들었다. 강남상어sand-shark는 태어나기도 전에 어미의 난관에서 형제들끼리 서로 잡아먹는다. 하이에나 새끼들은 세상에 나오자마자 서로를 잡아먹는다. 푸른발부비새는 특히 잔혹하다고 한다. "정상 체중의 80%가 채 되지 않는 형제자매가 있다면 부리로 쪼아서 죽인다네." 딕시가 그럴 것이다. 지금도 제 언니의 다리에서 딕시가 이로 문 자국을 찾을 수 있다.

나는 아이들을 노려보고 아이들은 다시 나를 쏘아본다. 아이들이 생각하기에 아빠는 나약하지만 결정을 내리는 사람이다. 아이들은 강경한 태도를 취하고 싶어하지만, 무엇이 강경한 태도인지 모른다. 이제 배우게 될 것이다. 인심 좋은 또 다른 이웃이 어마어마한 디저트를 가져다줬다. 휘핑크림을 얹은 생강시럽 케이크. 그러나 딸애들은 케이크를 먹지 못한다. 일주일간 디저트 금지. 상황이 더 좋았다면 아이들의 처지를 동정해서 부스러기라도 줬거나 적어도 내 몫의 케이크를 나중에 혼자 몰래 먹었을 것이다. 그러나 지금은 아니다. 나는 내 몫으로 케이크를 크게 한 조각 자르고 휘핑크림을 얹는다. 그러는 내내 주방에서 네 개의 눈동자가 나를 쫓아다니는 게 느껴진다. 접시에 시럽과 휘핑크림을 수북하게 올리고는 편안하게 앉는다. 아이들의 처량 맞은 접시에는 반쯤 먹다만 차갑게 식은 채소들이 장식품처럼 놓여 있다.

나는 한 입 크기로 케이크를 잘라 휘핑크림을 얹고 시럽에 푹 한번 찍은 다음 천천히 입으로 가져간다. 딕시의 얼굴이 보인다. 아랫입술이 떨리고 작고 귀여운 얼굴을 따라 눈물이 흐른다. 끔찍한 현실을 파악하고 난 다음의 무의식적인 반응이다. '아빠는 딕시는 신경도 쓰지 않고, 내가 조금도 먹을 수 없는 걸 알면서도 저 맛있는 디저트를 꿀꺽 먹어버릴 거야.' 불과 몇 초 만에 울음이 터지고 딕시는 주방을 뛰쳐나간다.

"아빠가 어떻게 했는지 봐!" 퀸이 소리치더니 딕시를 뒤쫓아 간다.

나는 꾹 참으며 생강시럽 케이크를 한 스푼 크게 뜬다. 기분이 좋지 않으면서도 전에 이런 이야기를 읽어본 느낌이 든다. 나는 가족 모두가 잠들 때까지 기다렸다가 책꽂이에서 책 한 권을 찾아낸다. 《Will This Do?》는 영국 기자 오베론 워Auberon Waugh가 자신의 자서전이라고 부른 책이다. 67쪽에서 내가 찾는 부분을 발견한다. 저자가 아버지 에블린에 대해 설명한 부분이다.

한번은 전쟁 직후 첫 번째 바나나 선적분이 도착한 때였다. 나는 물론이고 여동생 테레사와 마가렛 모두 바나나를 먹어본 적이 없었지만, 바나나가 세상에서 가장 맛있다는 이야기는 들어봤었다. 첫 번째 선적분이 도착하자 사회주의 성향의 정부는 영국에 있는 모든 어린이에게 바나나 한 개씩 지급하기로 결정했다. 공무원들이 특별 바나나 쿠폰을 발행했고, 마침내 고대하던 그날 어머니가 바나나 세 개를 받아서 집으로 왔다. 바나나 세 개는 전부 다 아버지 접시 위에 놓였고, 아버지는 원망에 가득 찬 눈길로 쳐다보는 세 아이가 보는 앞에서 손에 넣기도 힘든 크림을 얹고 엄격하게 배급되던 설탕을 뿌려서 바나나 세 개를 전부 다 먹어버렸다.

이 단락을 처음 읽었을 때 이런 생각을 했다. '사람도 아니네.' 지금은 이렇게 생각한다. '불쌍한 양반.' 저자는 이렇게 단락을 마무리했다. "그때부터 신념이나 도덕에 대해 아버지가 말했던 것은 전부 절대 진지하게 받아들이지 않았다." 나는 저자의 아버지가 이렇게 답했을 거라고 생각한다. '아이들이 나에게 한 만행을 내가 아이들에게 돌려준 건 그

때가 처음이자 마지막이었다.'

　다음 날 아침 나는 일어나서 샤워하고 면도를 하러 욕실에 들어간다. 욕실 거울에 짙은 푸른색 포스트잇이 붙어 있다. 누가 봐도 퀸의 글씨체이다.

　'쩨쩨해. 쩨쩨해. 아빠는 쩨쩨한 아빠야.'

　정적이 감돈다. 다음 주에는 누구도 그 일에 대해 입도 뻥긋하지 않는다. 나는 포스트잇을 떼어내고, 두 아이들은 한결 착하게 행동해서 디저트도 먹는다. 하지만 내가 아이들에게 어떤 상처를 줬나, 그리고 가령 회고록에서 그 사건이 어떻게 다뤄질까에 대해, 아무리 잠깐일지언정 단 하루라도 생각하지 않는 날이 없다. 부모가 아이의 인생을 망가뜨릴 수 있다는 위험보다 더 큰 위험이 있다. 실제 부모는 아이의 인생을 망가뜨리지 않았다고 해도 아이가 그렇다고 생각해서 부모를 비난하는 일이다. 마침내 어느 날 아침 차로 퀸을 학교에 바래다주는 길에 백미러로 아이를 보며 묻는다. "너희는 디저트를 먹지 못했을 때 아빠가 먹었던 케이크 알지?"

　"무슨 케이크?"

　"지난주에 아빠 욕실 거울에 메모 붙인 거 기억나지?"

　"무슨 메모?" 퀸이 묻는다. 생각이 날 수 있게 퀸에게 설명하지만 정작 퀸은 내가 무슨 말을 하는지 모르겠다고 한다. 첫 번째 단서도 모르쇠로 일관한다. 제 동생이 운 일조차 기억하지 못한다. "나는," 퀸은 진지하게 말한다. "아주, 아주 오래전 일만 기억한다는 게 문제야. 그 일은 아마 3000년쯤에 기억이 날 거야."

두 딸의 경마장 현장 학습

뉴올리언스에 있는 페어그라운드 경마장에 마지막으로 갔을 때가 1977년 봄이었다. 그때 나는 열여섯 살이었다. 반친구 하나가 갚을 여력도 없는 도박 빚 8,000달러를 지고 있었다. 요즘 화폐가치로 따지면 27,000달러에 맞먹는 금액이니 당시 고교 2학년생에게는 큰돈이었다. 그때는 합리적으로 보였던 계획에 따라 친구는 태어날 때 조부모님한테 받은 주화 컬렉션을 저당 잡혀서 현금 2,000달러를 마련했다. 그러고는 그 돈을 나에게 건네면서 페어그라운드 경마장의 그날 여섯 번째 경주에서 알보 베리가 3등 이내로 들어온다는 데 몽땅 다 걸라고 했다. 자신의 담력으로는 도저히 할 수 없고, 게다가 수학 수업이 있다고 했다. 알보 베리는 7교시와 8교시 수업 시간에 경주에 나설 예정이었다. 그 시간에 내 수업은 영화사 수업이 전부였고 별문제 없이 빼먹을 수 있었다. 그래서 나는 다른 친구 한 명을 붙잡아서 알보 베리가 3등 이내로 들어온다는 데 2,000달러를 걸기 위해 페어그라운드 경마장으로 차를 몰았다.

미성년자가 경마에 돈을 거는 행위를 금지하는 법이 있었겠지만, 성인들의 세계에 미성년자들이 접근하는 것을 제한하는 뉴올리언스의 다른 법들에 비해 엄격히 적용되지는 않았다. 지역사회 관계자들은 좋지 못한 관심을 끈다는 인상을 주지 않는 한 미성년자들이 하고 싶은 대로 하게 내버려둔다. 하지만 2,000달러는 사람들의 이목을 끌었고, 우리는 알보 베리에게 안전하게 돈을 거는 유일한 방법은 소액으로 나누는 것뿐이라고 결정했다. 알보 베리의 레이스가 발표되자마자 우리는 각각 1,000달러씩 나눠 갖고 정신없이 돌아다니면서 5달러씩 판돈을 걸었다. 결국 마권은 400장이나 되었다. 우리는 마권을 모두 챙긴 다음, 레이스를 보기 위해 관람석에 자리를 잡았다.

레이스는 이미 시작했다. 한 무리의 말이 출발선을 박차고 달려 나갔지만, 그 가운데 알보 베리는 없었다. 사실 알보 베리는 가장 오랫동안 이름도 불리지 않았다. 마치 꿈에서만 존재하는 듯했다. 그런데 그때, 상황이 위급하다는 걸 알고 있는 듯 알보 베리가 달려 나가기 시작했다. 바깥쪽에서 거침없이 튀어 나가더니 두 마리를 빼고 모두 제쳤다. 알보 베리는 간발의 차이로 3위로 들어왔다. 우리는 30분을 돌아다니면서 소액권으로 수천 달러에 달하는 금액을 거둬들였다. 현금을 한 아름 안고 다니는 모습이 사람들의 이목을 끌 수 있어서 우리는 서둘러 차로 향했다. 그제야 우리를 눈여겨보는 어른이 나타났다. 주차장 경비원이었다. 경비원이 쫓아오기에는 우리의 걸음이 빨랐다. 경비원은 우리 차가 잽싸게 지나갈 때 창문 안쪽을 쳐다봤을 뿐이다. 친구가 현금을 공중에 뿌리자 그 순간 차 안은 색종이 테이프 퍼레이드가 펼쳐진 것 같았다. 우리는 야구 연습 시간에 딱 맞춰서 학교로 돌아왔다.

나는 지금 30년 만에 처음으로 페어그라운드 경마장에 다시 왔다. 일곱 살과 네 살짜리 딸애들 손을 잡고. 이번 견학 활동에서 아이들에게 조랑말에 돈을 거는 방법을 가르칠 계획은 아니었다. 남동생이 경마장에서 한 블록 떨어진 곳에 살고, 우리 세 부녀는 점심 식사를 하러 남동생 집에 갔었는데 이렇게 되었을 뿐이다. 이미 '트라이펙터trifecta'(경마에서 1·2·3등을 모두 맞히는 3연승 단식-옮긴이) 생각을 하면서 레이스가 펼쳐지는 곳으로 걸어갔다. 레이스 하나만 보고 나

갈 거라고 아이들에게 말했다. 옛정을 생각해서. 아이들도
뭔가 배울 수 있을 것이고.

"진짜 돈을 걸 수 있다고 약속한 거지?" 퀸이 묻는다.

"우아, 아빠." 딕시가 말한다. "진짜 돈을 걸 수 있어?"

"각자 적은 돈을 걸 수 있어." 나는 신중한 어조로 말했다.

"아빠가 우리 대신 돈을 걸어줘야 해." 퀸이 아는 척하
며 말한다. "우리는 너무 어리거든."

어떤 말에 돈을 걸지 결정하기 위해 우리는 회전문을 지
나 레이스 전 경주마를 볼 수 있는 관람 지역으로 향한다.
가는 도중에 알 스톨과 마주친다. 나의 고교 1년 후배인 알
은 졸업 후 주로 경주마를 훈련시키는 일을 하고 있었다. 졸
업 후 본 적이 없었지만 마치 어제 본 것처럼 느껴진다. 알은
내 아이들을 데리고 경주마 전용 공간으로 향한다. 아이들
에게 레이스에 참가하는 자신의 말 윈스키를 보여주고 싶어
한다. 네 살 된 윤기 나는 황갈색 암말이다. 윈스키를 살펴
보는 동안 기수에 이어 마주들이 나타나서는 역시 말을 세
심하게 본다. 인기 경주마인 윈스키에 대해 알이 몇 마디 하
자 다들 귀를 기울인다. 알은 걱정하는 목소리도, 걱정하는
표정도 아니다. 사실대로 말하면, 알은 이미 윈스키가 레이
스에서 이긴 것 같은 표정이다.

"나는 윈스키한테 걸고 싶어." 퀸이 단호하게 말한다.

"나도!" 딕시가 말한다.

"우리가 이기면 너희 둘 모두 우승마 시상식장에 참석해야 한다!" 마주가 말한다.

우리는 서둘러 윈스키에게 돈을 건다. "아빠, 시상식장이 뭐야?" 딕시가 물었지만, 나는 정신이 딴 데 팔려서 대답하지 못한다. 경마장 관계자들은 구식 마권 판매기 대신 신식 베팅 기계를 들여놓았다. 30년 전 열여섯 살 소년이 3등이내에 드는 경주마에 2,000달러를 걸었던 것보다 이제 마흔여섯 살이 된 중년 남자가 우승마에 5달러를 거는 일이 훨씬 더 복잡하다. 잘못된 마권을 발행하느라 10달러를 허비한 끝에 윈스키의 우승에 거는 마권을 손에 넣는다. 나한테서 마권을 빼앗듯이 가져간 아이들은 난간에서 윈스키를 더 가까이 보려고 밖으로 달려간다. 날씨는 화창하고 트랙은 굳게 닫혀 있다. 경주 시작을 알리는 벨이 울리고 경주마들은 출발선 뒤에 정렬한다. 나는 고민한다. '과연 이게 아빠가 할 일인가? 아이들이 가지 말아야 할 곳에 데려가고 아이들이 하지 말아야 할 것을 하게 두는 것이?'

1년 가운데 대략 51주 동안 나는 아이들의 도덕교육에서 조역이다. 마디그라Mardi Gras(2월에 열리는 뉴올리언스의 대표적인 축제. 가면을 쓴 여자들이 구슬 목걸이를 얻기 위해 구애 행위의 일환으로 가슴을 보여주는 관례가 있음-옮긴이) 축제를 보러 뉴올리언스를 방문한 이번 주는 예외이다. 나는 일주일 동안 아이들을 거의 책임지며, 지금 세상에서의 성공에 필요한 품성을 아이들에게 길러주는 데 이 기간을 이용한다. 기만, 탐욕, 상대를 매료시키는 힘, 무엇을 아는지보다 누구를 아는지가 더 중요하다는 것에 대한 깊은 이해 등등. 마디그라 축제는 어린아이들에게 미국 경제의 가장 냉혹한 분야에서 어떻게 경쟁해야 하는지를 가르쳐주려고 만들었다고 해도 좋을 것이다. 구슬 목걸이는 공중에서 떨어지는 그 잠깐 사이에 가치가 치솟아서 성인 남자들은 서로 차지하려고 몸싸움을 벌이고 젊은 여자들은 옷을 벗기도 한다. 3시간이 지나고 나면 구슬 목걸이의 가치는 다시 떨어지지만, 중요한 건 그게 아니다. 어떻게 구슬 목걸이를 가능한 한 많이 얻을 것인지가 중요하다.

퀸은 여섯 살이던 지난해에는 손에 잡은 목걸이를 목에 걸었다. 올해는 손에 잡은 목걸이를 옆에 있는 위장 무늬의 육군 더플백에 몰래 담는다. "전리품이 많다는 걸 알면 아무것도 던져주지 않거든." 퀸은 서둘러 설명하고는 구슬 목걸이 찾기를 다시 시작한다. 딕시는 겨우 네 살이지만 분위기를 제대로 파악하고 있는 듯하다. 집에 가져가려고 구슬 목걸이가 가득 찬 20kg이 훌쩍 넘는 자루를 나르자 이렇게 말한다. "아빠, 왜 사람들이 나한테 구슬 목걸이를 많이 줬는지 이유를 알고 싶지? 왜냐하면 내가 슬픈 얼굴을 하고 있었거든." 마디그라 축제를 볼 수 있게 미국의 모든 어린아이들을 뉴올리언스에 보내야 한다. 남보다 월등한 재능을 보이는 아이들은 골드만삭스에서 채권을 판매하는 업무를 맡겨야 한다. 그렇지 못한 아이들은 채권 트레이딩에 더 적합한지 좀 더 지켜봐야 한다.

1,645m를 달리는 레이스가 시작된다. 드라마 같은 상황은 없다. 안쪽 레인에 있는 윈스키가 선두로 나서서 끝까지 선두 자리를 내주지 않는다. 윈스키가 너무 쉽게 우승해서 만약 내가 경주마 중 한 마리였다면 마구간으로 터벅터벅 돌아가서는 자살했을 것이다. 딸애들은 펄쩍펄쩍 뛰어다닌다. 아이들이 베팅에 성공했다. "아빠, 우리 얼마나 땄어?" 곧 아이들은 새로 생긴 친한 친구들 때문에 정신이 팔린다. 윈스키의 마주들과 트레이너, 기수가 아이들을 우승마 시상식장에 데려간다. 퀸과 딕시가 앞줄 가운데 선 채 모두 함께 단체 사진용 포즈를 취한다. TV 카메라를 든 한 남자가 이리저리 움직이며 가능한 모든 각도에서 우승마 관계자들을 촬영해

서는 승자들의 환한 미소를 경마장 바깥 모든 베팅 장소에서 볼 수 있도록 방송한다. 퀸은 카메라를 보고 손을 흔든다.

경마장을 한가롭게 산책하고 22분 뒤 아이들은 카시트에 앉아 5달러 지폐를 흔들며 조잘조잘 이야기하고 싶어한다. 경마장 체험은 두 아이 누구에게도 주목할 만한 일이 아니었다. 아이들에게 운이 따랐을 때 문제점은 아이들이 자신들의 행운을 고맙게 생각하지 않고, 행운보다는 즐거운 일을 더 기억한다는 것이다. 이 모든 수고를 감수하며 아이들을 훈련시키지만, 아이들은 즉시 잊어버린다. 집으로 돌아가는 차 안에서 나는 어린 여자애들이 대낮에 경마장에 가서 베팅을 하고 우승마 시상식까지 참석해서 우승 마권을 들고 마주와 기수 가운데 서는 일은 흔한 게 아니라고 설명한다. 장외 경마장 네트워크의 주요 상영 시간에 등장한 것은 말할 필요도 없고. 노력한 보람이 약간 있었는지 집에 도착할 때쯤 아이들은 같은 내용은 아니더라도 저마다 이번 견학 활동에 대해 말할 거리가 있다고 확신한다. 딕시는 엄마를 찾으려고 집 뒤편으로 뛰어가며 소리친다. "엄마, 둥근 경기장에서 5달러 벌었어!" 퀸은 계단을 달려 올라가서는 할머니를 보고 외친다. "할머니, 우리 공중파 TV에 나왔어요."

집에서 차로 한 시간 거리에 있는 곳에서 강연이 있었다. 휴대폰을 끈 상태로 강단에 올랐는데, 그사이 아내가 세 개의 메시지를 남겼다. 첫 번째 메시지는 워커가 호흡하는 데 문제가 있어서 병원에 간다는 내용이었다. 두 번째 메시지에서는 병원에서 나와 응급실로 가는 중이라고 했다. 세 번째 메시지는 응급실 공중전화로 남겼는데, 울고 있거나 울지 않으려 애쓰는 목소리였다. "RSV에 걸렸대." 수수께끼 같은 말을 하고는 워커가 이동식 침대에 묶여 있고, RSV에 걸린 영유아를 치료하는 곳으로 데려다줄 앰뷸런스를 기다리는 중이라고 덧붙였다. 아내는 휴대폰 연결이 되지 않을 거라는 말을 들었다고 했다. 아내와 연락할 수 있는 번호가 없는 셈이었다.

샌 마테오 다리를 시속 137km의 속도로 달리면서 아들이 태어난 뒤 11주 동안 아들의 생존을 위해 얼마나 한 일이 없었는지 머릿속으로 헤아렸다. 77일 중에 아들이 태어난 밤을 계산에 넣지 않으면 아들과 같은 방에서 보낸 밤은 단 하룻밤도 없었고, 미리 짜놓은 모유를 먹이느라 자정까지 안고 있다가 아내에게 인계한 적만 몇 번 있었다. 먹는 일은 거의 대부분 내 손길이 가지 않았다. 하루 8번, 모두 합치면 600번 이상 아빠 없이 먹은 셈이다. 기저귀는 먹는 만큼 자주 갈아줘야 했지만, 나는 총 7번을 갈아줬기 때문에 7번이 다 기억났다. 아들은 하루 16시간을 잤으니까 돌봐줘야 할 시간은 8시간이 남는다. 8시간 가운데 3시간은 먹이고 목욕시키고 옷 갈아입히는 데 들어갔는데, 이 세 가지 일 가운데 두 가지 이상은 내가 주로 피해왔던 일이다. 그렇게 되면 자유재량 여가 시간이라고 부를 수 있는 시간이 불과 하루 4시간씩 총 300여 시간이 되지만, 이 가운데 내가 맡았던 시간은 30시간이 채 되지 않았다.

있는 그대로의 통계 수치였다. 나에게까지 충격이었다. 어떻게 계산을 해도 진정 형편없이 태만한 아빠의 모습을 보여줄 뿐이었다. (기저귀 교체 600번 가운데 겨우 7번이라니!) 요즘 시대의 아빠 노릇 분야에서 일종의 기록임에 틀림없었다. 이런 기록을 세운 데는 고상하게 '태도 문제'라고 부를 수 있는 점도 한몫했을 것이다. 단 몇 분이라도 아들을 돌보라고 하면 그 즉시 나는 장기 징역형을 받은 기업 임원이 된다. 집 안을 돌아다니며 내 물건들을 정리하면서 사회에서 쫓겨나기 전에 무슨 일을 해야 할지 생각한다. 하지만 육아 의무를 소홀히 한 더 큰 이유는 셋째 아이의 등장으로 인해 우리 가족의 생활 구조가 변했기 때문이다. 한때 집단농장 체제였다가 지금은 제조 회사와 더 유사해지면서 노동력의 효율적인 분배가 가차 없이 시작되었다. 엄마는 아기를 돌봤고, 아빠는 다른 모든 가족을 돌보거나 대신 돌봐줄 사람을 고용했다. 가족의 생산성은 안정적인 상태를 계속 유지하고, 놀랍게도 엄마는 그런 조정 방식에 불만이 없었다. 지난 11주 동안 수차례 육아에 거의 동참하지 않는다고 비난받을 것으로 생각했지만, 오히려 무슨 일을 하든지 인정받고 있다는 점을 깨달았다. 좀처럼 없는 그런 경우에서 나는 더 이상 맡은 바 책임을 다하는 아빠가 아니라 뒤처진 동료를 도와주기 위해 컨베이어 벨트에 급히 투입된 조립라인 노동자였다. 회사의 영웅. 이달의 직원.

이날 오후 조립라인의 전동장치가 아빠의 죄책감으로 인해 움직임이 둔해지더니 마침내 멈춰 섰다. 집에 도착해서 무한한 인내심을 가진 이웃들에게 두 딸을 맡기고, 서둘러 병원으로 향했는데 1시간 반이 걸렸다. 병원에서 워커를 발견한다. 튜브 두 개는 코에, 튜브 한 개는 왼쪽 발에 연결되어 있고, 가는 선 여러 개가 가슴에 테이프로 고정되어 있다. 발치에는 마른 핏자국이 묻은 담요가 있고, 간호사들은 아들의 발에 정맥주사용 바늘을 꽂으려고 애쓰지만 실패하고 만다. 아들의 안색은 나쁘고, 제 엄마의 안색은 더 나쁘다. 아내는 몇 개월 동안 잠도 제대로 못 잔 데다가 자신이 돌봐온 아들이 바늘로 여기저기 찔리고 이동 침대에 묶여 있는 모습을 5시간이나 지켜봤다. 서로 다른 4명의 사람들이 RSV에 대한 각기 다른 설명을 내놓았지만, 아내에게는 워커가 일주일 이상 입원하는 경우도 생각해야 한다는 내용이 가장 받아들이기 힘들었다. "걱정하지 마." 내 속마음을 읽은 아내는 말한다. "밤에 내가 워커 곁에 있을 거야."

30분 뒤 아내는 병실 문을 닫고 가버렸다. 정말, 처음으로, 아들과 나뿐이다. 작게 색색거리는 아들의 불쌍한 숨소리와 혈액 내 산소 수치를 측정하는 기계의 신호음을 제외하고는 병실 안은 조용하다.

알고 보니 RSV는 '호흡기세포융합바이러스Respiratory Syncytial Virus'의 줄임말이다. 버클리 지역에 사는 갓난아기들의 관점에서 보면 '선腺페스트bubonic plague'라고 할 수 있겠다. 이 병동에 있는 28개 병상 가운데 25개를 RSV에 걸린 영유아들이 차지하고 있는데, 이 아기들 사이에는 한 가지 공통점이 있다. 학교에 다니는 형제자매가 있다는 것. 우리 시대에 페스트균을 퍼뜨리는 쥐는 취학연령의 아이들이다. 딸애들은 친구들과 세균을 교환하며 즐겁게 하루를 보낸 뒤 아마도 가벼운 감기처럼 느껴지는 상태로 집으로 돌아와서는 남동생에게 뽀뽀를 했다. 남동생은 즉시 호흡 능력이 떨어졌다. 혈액 내 산소 수치를 측정하는 기계를 몸에 연결하고, 숨이 막히는 것 같으면 인공호흡기를 연결하는 방법 외에 도움이 될 만한 치료제는 거의 없는 형편이다.

아들의 간호인으로서 내가 할 일은 아들이 숨이 막히는 것 같은 때를 결정하는 것이다. 침대 위에는 스피드건처럼 붉은색 숫자가 깜빡이는 검은색 상자가 있다. 숫자 100은 완벽한 상태이다. 90 이하로 내려가 검은색 상자에서 경고음이 나오면 코와 입에서 가래를 뽑아내기 위해 간호사를 호출해야 한다. 1시간 정도 숫자는 94를 기록하며 안정이 되나 했지만, 갑자기 뚝 떨어져서 나는 간호사를 호출한다. 20분 뒤 다시 한 번 그러더니 이후에도 계속 그런 식이다. 마침내 저녁 6시쯤 아들은 평소대로 숨을 쉬게 되면서 잠이 든다. 바로 그때 전화벨이 울린다. 나는 병실 안에 전화가 있는지도 몰랐는데, 아들의 귀 바로 옆에서 벨 소리가 크게 울린다. 아들은 잠에서 깨어나 울기 시작한다. 나는 수화기를 든다. 병원의 '재무 상담 부서' 소속 직원의 전화다. 부서에서 우리 가족의 건강보험을 확인해봤더니 100달러의 공제금이 있다는 사실을 알아냈다고 알린다.

"그래서요?" 나는 말한다. 워커는 이제 소리를 지르려는 참이다. 목소리가 나오지 않기 때문에 아주 작은 헐떡거림이 울음처럼 터져 나온다.

"어떻게 하고 싶으세요?" 병원 직원이 묻는다.

"그냥 저한테 보내세요."

"대개 퇴원 전에 공제금을 징수하기도 합니다."

"그냥 우편으로 보내줄 수는 없습니까?"

"택배로 보내드리겠습니다."

45분 뒤 아들이 진정되고 다시 잠이 들었을 때 담당 간호사가 들어온다. "엄마는 어디 계세요?" 간호사는 큰 소리로 묻는다. 워커는 잠에서 깨어나 울기 시작한다. 간호사는 못마땅한 듯 혀를 차다가 워커가 진정될 기미를 보이지 않자 한마디 한다. "워커 아빠 같은 아빠가 더 있어야 하는데 말이지요." '많이 있습니다!'라고 말하고 싶지만, 내가 말을 하기도 전에 간호사는 나가버리고 나는 다시 아들을 재우려고 애쓴다.

30분 뒤 수표를 가져온 택배 기사가 병실 문을 세차게 두드려서 다시 아들을 깨운다. 다음 날 24시간도 그렇게 지나간다. 수금원, 간호사, 의사, 인턴, 바닥 청소 직원, 침대 시트 교체 직원이 교대로 찾아와서 아들이 잠에서 깼다가 다시 잠이 들면 또다시 누군가 방해하는 식이다. 워커는 잠에서 깰 때마다 울고, 울 때마다 가래가 나오고, 가래가 나올 때마다 숨을 색색거리며 쉬고, 스피드건처럼 생긴 검은색 상자의 수치는 급격히 떨어진다. 이런 상황에서 이상한 건 의사들이 '의료진이 워커에게 해줄 수 있는 것은 없다'는 점을 전부 인정한다는 거다. 워커가 입원한 이유는 인공호흡기 옆에 있을 수 있기 때문이다. 하지만 병원은 워커에게 인공호흡기가 필요한 가능성만 높이는 것처럼 보인다. 우리의 의료보험 제도가 바로 그렇다. 가입자가 죽는 상황은 막아주지만, 제대로 된 혜택을 받고 있다는 기분은 들지 않는다. 평온한 병실 분위기 조성을 정중하게 요구하는 것은 효과가 없다. 간호사들은 4분마다 바뀌고, 바뀐 간호사는 이전 간호사가 한 일과 하지 않은 일을 전혀 모른다. 워커가 15번째 자다 깼을 때 나는 아버지의 권위를 보여줄 때라고 결심한다. 나는 팻말을 만든다.

'방해하지 마세요. 자는 중입니다. 고맙습니다. 워커 쏨.'

병실 문 바깥쪽에 팻말을 붙이고 병실 문 안쪽에 침대 겸 의자를 끌어다 붙여서 의자와 나를 넘어가지 않고는 아무도 병실 안에 들어올 수 없게 만든다. 그런 다음 몬태나주의 생존주의자(종교적 공동체 건설의 사상을 가진 기독교 애국자들 가운데 자신들의 작은 조직으로는 연방 정부와 미국 사회에 어떤 영향도 줄 수 없다는 생각에 기성 사회를 떠나는 부류-옮긴이)처럼 웅크리고 앉아서 적을 기다린다. 그날 밤 10시쯤 첫 번째 공격이 찾아온다. 처음 보는 간호사다.

"무슨 일이세요?" 나는 퉁명스럽게 묻는다.

"워커 상태 좀 확인하려고요."

"왜요?"

"그렇게 해야 하니까요." 간호사가 답한다. 그 말인즉, 앞으로 있을지 모를 소송을 위해 증거를 수집하는 것 외에 다른 선한 의도는 없다는 사실을 스스로 알고 있다는 것이다.

"아니, 싫습니다." 내가 말한다.

그러자 놀랍게도 간호사는 돌아선다.

나는 몇 차례 공격을 더 막아낸다. 드디어 5426호 병실에서 완전 멍청한 인간이 갓난아기를 지키고 있다는 소문이 퍼진 것이 틀림없다. 우리 부자는 온전히 우리끼리 지냈기 때문이다. 나는 아들의 기저귀를 갈아주고 밥을 먹이고 코에서 가래를 뽑아낸다. 아들의 손과 발이 나를 닮았다는 사실을 알아챈다. 뒤통수에 있는 작은 하트 모양의 모반을 자세히 살펴본다. 내 품에 안고 목 뒤를 감싼 뒤 콧노래를 부르면 바로 잠이 든다는 사실도 알게 된다. 아내가 와서 교대하자고 하지만, 사실은 병실을 떠나고 싶지 않다. 워커는 내 관할 지역인 것 같다. 매번 아이가 태어나고 나면 나는 어쩔 수 없이 똑같은 교훈을 알게 된다. 새로 태어난 아기에 대해 사람들이 생각하는 대로 느끼고 싶다면 지루하고 고된 일을 해야 한다는 것. 돌보는 과정 속에서만 애착이 생긴다.

워커는 상태가 호전된다. 입원 3일째 되는 날, 검은색 상자의 수치는 100을 기록하면서 거의 원래대로 돌아온 듯하다. 그날 아침 6시, 인턴이라 부르지만 오로지 자신의 호기심을 채우기 위해 병실을 찾은 학생이 욕실에 있는 나에게 기습 공격을 감행한다. 하지만 바스락거리는 소리가 들린다. 나는 이 애송이 의사가 내 아들에게 몸을 숙이고는 차가운 금속 물체를 자고 있는 아기의 살에 대려는 것을 바로 알아챘다.

"뭐하는지 알고는 있는 겁니까?" 나는 공격하듯이 말한다.

"아기 숨소리를 들어볼 수 있을까요?" 남자가 묻는다. 남자는 의사도 아니다. 관광객이다.

"아니요!" 나는 슈렉처럼 우렁찬 목소리로 대꾸한다. 이틀 동안 잠도 못 잤고 기분도 좋지 않다. 하지만 의도했던 것보다 훨씬 위협적인 말투가 나온다. 불쌍한 애송이 의사는 빠른 걸음으로 병실을 나선다. 워커를 내려다보니 내가 착각한 게 아니라면서 웃고 있다. 몸의 모든 구멍에 튜브를 연결하고 있지만 아주 즐거워한다. 참호에는 우리 두 남자 뿐이고, 병원 직원들의 끊임없이 반복되는 공격으로부터 스스로를 지키고 있다.

"친구, 오늘 기분이 어떠신가?" 나는 묻는다.

"쿠!" 워커는 웃는다. 어설프지만 활짝 웃는 모습이다. 때마침 담당 의사가 좋은 소식을 갖고 들어온다. 94에서 96 사이를 왔다 갔다 하는 침대 머리맡 위 검은색 상자를 가리키며 말한다. "이 병동에서 워커가 가장 건강합니다." 처음 든 생각. '같은 증상을 보이는 어린아이들이 24명 있고, 다들 워커에 비해 죽을 가능성이 높다는 거군. 어린이병원 한 곳에서 환자 25명이 죽었다는 말은 듣지 못하겠어. 워커는 죽지 않을 테니까.' 두 번째 든 생각. '워커가 RSV 토너먼트에서 승리했구나!' 나는 자랑스럽게 워커를 내려다본다. 워커가 다시 빙그레 웃는다. 나는 완전히 빠져든다.

남자에게 묶는다는 것의 의미

손을 꼼꼼히 닦고 있는 간호사의 뒷모습을 수술대 위에서 다리를 벌리고 누워 쳐다보다가 문득 정관 절제술은 다른 어려움도 있지만 사회적으로 난처한 경험일 것 같다는 생각이 들었다. "방광을 비우고 싶으세요?" 간호사가 물었다. 처음 보는 사람의 생식기를 언급할 때는 병원 용어가 가장 무난하다는 점을 알고 있는 게 분명했다. 진료실 벽에는 별다른 장식이 없었고, 내부 이치를 있는 그대로 보여주기 위해 표피를 벗겨낸 남성 성기를 의학적 관점에서 묘사한 그림 한 장만 걸려 있었다.

"괜찮을 거 같습니다." 내가 말했다.

"알겠습니다." 간호사가 말했다. "곧 돌아와서 면도해 드리겠습니다." 그러면서 고환에 레이저를 쏘기 전 간호사라면 누구나 하는 일을 남겨둔 채 자리를 떴다. 2개월 전 사전 인터뷰에서는 아내나 주립 경찰국으로부터 무슨 말을 들었든 내가 불임수술을 해야 하는 법적 의무는 없다는 점이 밝혀졌고, 캘리포니아 주 법에서는 상담을 받고 수술을 받기 전까지 결정 번복 가능 기간을 의무화하고 있다고 의사는 설명했다. 날씨가 쌀쌀했던 그날 오후, 의사는 정관 절제 수술에 관해 많은 것을 알려줬지만, 어찌된 일인지 눈도 마주치지 않고 최소한의 말만 하는 여자 간호사가 고환 면도부터 시작한다는 건 말해주지 않았다.

간호사가 돌아왔다. 여전히 표정은 없지만, 일회용 새 면도칼을 들고 왔다. 큰 희생을 치르는 일치고는 저렴한 도구를 사용한다는 생각이 들었다. 간호사는 해군 이발사처럼 신속하고 사무적으로 면도를 했다. 도움을 주고 싶었지만 간호사가 흠칫 놀라지 않기를 바라는 것 외에는 크게 할 일이 없었다. 너무나 고요한 가운데 엉뚱한 생각이 뒤숭숭한 마음속을 스쳐 지나갔다.

'실수로 뭔가 잘려 나가는 건 아니겠지?'

'빌어먹을, 갑자기 발기하면 어쩌지?'

'그게 마지막이 되는 거 아니야?'

'옛정을 생각해서 수그러들게 해야 하나?'

종종 마음이 불안할 때가 있는데, 지금이 그런 때였다. 바닥과 마찬가지로 천장은 얼룩덜룩한 리놀륨이었다. 나는 생각을 멈추고 간호사가 작업을 마칠 때까지 천장의 반점을 셌다. 간호사는 일회용 면도기를 버리면서 말했다. "20분 안에 의사 선생님이 오실 겁니다."

20분이라는 시간이 흥미로운 점은 평소보다 훨씬 더 길게 느껴질 수 있다는 것이다. 내가 이 수술대에 누워 있는 이유 중 하나는 정확히 여기서 벌어지게 될 일에 대해 상상조차 하지 않았기 때문이다. 이제 나는 충분히 시간을 갖고 이 문제를 생각하면서 몇 가지 빤한 질문을 했다. '도대체 내가 여기서 뭐하고 있는 거지?' 이론적으로 답은 가까이에 있었다. 아내가 원했고, 아내의 요구를 거절하는 건 속이 빤히 보이는 이기적인 행동 같았다. 아내는 세 차례의 임신을 견뎌냈고, 세 차례의 출산에서 고통과 수치심을 겪었으며, 기저귀는 거의 도맡아서 갈았고, 거의 매일 아침마다 일어났다. 무엇보다도 나에게 아빠 노릇의 불편한 점을 토로하는 일기를 쓸 수 있는 여가 시간을 줬다. 아빠가 가족들을 위해 기꺼이 희생을 감수해야 할 때가 되었다.

이런 식의 설명으로 충분했다, 지금 이 순간까지는. 하지만 불과 몇 분 후면 외과용 메스를 든 의사가 등장하는 상황에서 한 성인 남자가 외치는 소리에 앞선 설명은 묻혀버렸다.

'내 페니스에 구멍을 낼 거잖아!'

'그러니까, 내 아래쪽을 시원하게 밀어버린 말 없는 여자한테 무슨 말을 건넬지도 모른 채 민둥한 그곳을 그대로 다 내놓고 여기 이렇게 누워 있는 이유가 뭐냐고?' 그제야 나는 자문했다. '이 분노의 의미는 뭐지?' 이 수술의 목적은 산아제한이 아니라 삶을 제한하는 것이었다. 다른 남자들처럼 내 생식권을 위해 싸웠어야 했다. 내 친구 하나는 불임

수술을 받으면 좋겠다는 아내의 제안에 그냥 웃으면서 이렇게 말했다고 했다. "나중에 젊고 매력적인 부인을 얻고 싶으면 어쩌라고?" 또 다른 친구는 아내가 정관수술을 권유하자 이런 말로 거부했다. "만약에 비행기 추락 사고로 당신하고 아이들이 죽으면 어떻게 하라고?" 그 외에 내가 아는 남자들은 정관수술 부작용에 대해 주변에서 들은 소문을 이유로 들어 거부했다. "친구 하나가 수술을 했는데 '10개월'이나 거기에 감각이 없었다는 겁니다." 디너파티에서 만난 한 남자가 잘 아는 듯이 말했다. "그 말을 들은 뒤로 나는 '절대 사절'이라고 했지요."

이들은 다름 아닌 '캘리포니아 주 버클리'에 사는 남자들이었다. 공화당 지지 성향이 강한 주들의 담론을 상상해 보자. 언젠가 누군가 통계적으로 대표성을 띠는 인구 계층을 인터뷰해서 자녀 출산기가 지난 미국의 부부 관계에서 사업상의 목적으로 외과 수술을 통해 생식능력을 차단해야 했던 것에 대한 이면의 논쟁을 주제로 최고의 사회학 논문을 쓸 것이다. 하지만 아직까지 그런 논문은 나오지 않았기 때문에 우리는 향후 결론에 대해 추측만 할 뿐이다. 나는 OPEC처럼 미국 전역의 아내들이 남편들의 정자 유출을 통제하는 방안을 모색하는 반면, 남편들은 정자 수송관을 계속 열어두려고 애쓸 것으로 본다. 귀중한 자원을 두고 서로 통제하려는 전쟁이 벌어지고 있지만, 취재원이 없다. 기사거리는 남성이 이미 불임수술을 한 커플들을 통해 외부로 알려질 뿐이다. 물론 이런 커플들은 불임수술이 전혀 문제될 것이 없으며, 남편은 솔직히 선도자가 되는 것을 그렇게 원치는 않았다고 항상 진지하게 주장한다.

홀로 수술대에 누워 있으니 나 자신에게 완전히 화가 났다. 그 순간 갑자기 또 다른 목소리가 들렸다. '병신 같은 짓을 하고 있어.'

상냥한 이성이 끼어들었다. '억지 부리지 마. 당신이 이 수술을 하겠다고 동의했고, 아내도 실제 그렇게 심하게 압박하지 않았어. 물론 수술하겠다던 당신의 약속을 상기시키고 상담 약속을 정했는지 2개월에 한 번씩 물어본 건 빼고 말이지.' 나는 불임이 되면 좋은 점을 생각나는 대로 열거하기 시작했다.

1. 아내가 임신을 하면 내가 아기 아빠가 아니라는 사실을 확실히 알게 된다.
2. 다른 여자가 임신을 하면 나는 분명히 책임을 피할 수 있다.

세 번째 이점을 생각하지 못한 건 내가 무능한 탓일 수도 있고, 아니면 내 옆쪽 벽에 걸린 선홍색 페니스 단면도 때문일 수도 있지만, 머릿속에 새로운 생각이 떠올랐다. '달아나자!' 거기는 몽땅 털이 밀렸지만 의사가 들어오기 전에 수술대를 박차고 뛰어나갈 수 있었다. 불과 36m쯤 떨어진 곳에 내 차가 있었다. 36m 정도면 태클을 피해 돌진할 수 있었다. '한 남자의 모든 것A Man in Full'(미국 작가 톰 울프Tom Wolfe 의 소설 제목-옮긴이)을 지키기 위해. 당당하게 보이고 그와 동시에 수술 후 나에 대한 동정심을 최대한 유발하려고 직접 병원까지 운전해서 왔으니 집에 갈 때도 직접 차를 몰아야지. 아무도 모를 것이다.

　의사가 들어왔다.

　환자용 가운을 들추고 상황이 어떤지 살펴보겠다는 듯 형식적으로 슬쩍 들여다봤다. 우리는 의례적인 인사를 나눴다. 자신이 끼어든 나의 '멘붕' 상태를 알아챘다면, 그는 지금 모른 척 연기하는 중일 것이다.

　"궁금한 게 있습니다." 내가 말했다. "그런데 제 질문에 사실대로 말해준다고 약속하셔야 합니다."

　"약속하지요." 의사가 말했다.

　"환자가 있을 거라고 생각하면서 저 문을 열었는데 수

술대에 아무도 없었던 적이 있나요?"

의사는 웃으면서 말했다. "환자가 겁먹고 내뺀 경우 말인가요?"

"네."

"아니요. 단 한 번도요." 의사는 말했다. "하지만 재미있네요. 네 명 중 한 명, 아니 세 명 중 한 명 이상은 수술 날짜까지 잡아두고 나타나지 않습니다."

그렇군. 공감이 갔다. 그건 한순간의 소동이었어. 그런데 그게 아니었다. 내 음낭에 주사 바늘이 닿았다. 음낭은 주사 바늘과는 어울리지 않는 신체 기관이다. 하지만 이 의사는 신속하게 수술에 들어갔다. 급하게 수술하지 않으면 환자를 찾아 고속도로를 질주하게 될지도 모른다는 사실을 이미 알고 있는 게 아닐까 싶을 정도로 전광석화같이 빠르게 시작했다. 나는 수술대의 위생 종이시트가 찢어질 정도로 주먹을 꽉 쥐었다. "잠깐 따끔하기만 할 겁니다." 의사가 말했다. "이후에도 정말 심한 통증이 느껴지면 말씀하셔야 합니다."

하지만 더 심한 통증은 없었다. 대신 이후 30분 동안 간혹 속이 심하게 뒤틀리는 기분과 함께 당기고 꼬집히는 이상한 느낌이 들었다. 마치 의사가 재미 삼아 한쪽 고환에

80kg 가까이 되는 압력을 가하면 어떻게 될지 보고 있는 듯했다. 정관 절제술을 받을 때 마치 빵 만드는 반죽이 된 기분이 들기도 하고 누비이불을 만드는 천 조각이 된 느낌이 들기도 한다. 의사의 수술 태도가 바로 그랬다. 빵을 굽거나 바느질을 하는 남자. 의사는 바느질하면서 잡담을 했고, 잡담을 하면서 빵을 구웠다. 나는 심한 통증이 느껴지면 있는 힘껏 소리 지를 준비를 하는 데 너무나 집중한 나머지 내 차례에서 대화가 끊겼다는 걸 뒤늦게 깨달았다.

"다른 얘기 좀 해주세요." 의사의 말을 끊고 말했다.

"무슨 얘기요?"

"아이가 있으세요?" 내가 물었다.

"네."

"더 낳을 생각이세요?"

"아니요."

"선생님도 이 수술을 하셨나요?"

"아니요." 의사는 잠시 뜸을 들였다 말을 이었다. "안 했습니다."

"위선적이에요."

의사는 웃었다. "자세한 사정은 모르시잖아요." 의사는 말했다. 하지만 그는 일을 끝냈고, 따라서 우리 부부의 일도 그렇게 끝났다. "됐습니다, 옷 입으세요. 대신 조심하세요." 의사는 나갔다. 수술대에서 일어난 뒤 나는 비틀거렸다. 등 쪽에 난 땀 때문에 종이시트가 목에서 허벅지까지 붙었고, 시트를 떼어내니 시트 자국이 고스란히 남았다. 바지를 입고 절뚝이며 차까지 걸어간 뒤 직접 운전해서 집으로 갔다. 내 아내에게는 영웅, 나의 동성 인류에게는 반역자, 그리고 완벽한 요즘 미국 남자가 되어서.

마지막 생존자에 대하여

매일 밤 워커가 잠들고 딸애들이 이층침대에 누우면 아내는 퀸에게 사춘기에 관한 책을 읽어준다. 퀸은 이제 겨우 아홉 살이 되었기 때문에 너무 이른 것처럼 보일 수 있지만, 상황 판단이 빠른 것뿐이다. 아이에게 일반 개념을 너무 이른 시기에 알려주면 아이를 평생 망칠 수도 있지만, 아이 스스로 난처해지거나 부모를 당혹스럽게 할 정도로 많이 알기 전에 자제시킬 수도 있다. 체모 증가, 생식기 발달, 불쾌한 체취, 체내 분비물 같은 것은 받아들여야 하는 변화이면서 누구나 기대하고 있는 변화이기도 하다. 매일 아침 이를 닦을 때 퀸은 딕시에게 누가 언제 어디에 털이 났는지, 몸 어디에서 냄새가 나고 왜 나는지에 대해 열강을 한다. 교수도 학생도 웃거나 당혹스러워하지 않고 주변의 시선을 의식하는 기미도 보이지 않는다. 이런 지식 전달은 내가 기억하는 것과는 전혀 다르다. 너무나 어른스러운 방식이고 심지어 비非미국적이다. 프랑스적이라고 하는 편이 어울린다. 어제는 퀸이 브래지어를 사는 데 데려가달라고 고집을 부렸다. 컵도 없이 납작한 브래지어를 보고는 딕시가 진지하게 물었다. "언니가 사춘기에 걸렸어?"

이층침대 아래층에서 자는 딕시의 입장에서 소외감을 느낄 만하다. 내가 책을 읽어주려고 하자 딕시는 《엄마가 알을 낳았대Mommy Laid an Egg》라는 책에 손을 뻗는다. 어린아이들에게 아기가 어떻게 태어나는지 그림으로 보여줘서 부모들이 별다른 설명을 덧붙일 필요가 없는 책이다. 책을 보면 아빠한테는 씨앗이 가득한 주머니가 있고, 엄마한테는 씨앗을 담는 그릇이 있다. 아빠가 씨앗을 엄마의 씨앗 그릇에 집어넣으면 아기가 자란다. 하지만 여기서 한 발 더 나간다. 아주 신이 나서 아빠의 씨앗을 받는 엄마의 모습뿐만 아니라 씨앗을 옮기는 기상천외한 18가지 다른 방식을 솔직하게 보여주기 때문이다. 예를 들어 엄마와 아빠가 스케이트보드 위나 주방 조리대 위에서 열심히 힘을 합치는 모습을 보여준다. 조금 충격적이지만 동시에 이런 종류의 책이 검열을 통과할 수 있다는 점이 위안이 된다. 결국《굿나잇 문Goodnight Moon》(미국에서 아이들이 잠잘 때 주로 읽어주는 책. 잠을 자기 싫어하는 토끼가 방 안에 있는 모든 친구들에게 인사를 건네는 내용-옮긴이)에서는 재떨이가 검열을 통과하지 못했으니 말이다.

어쨌든 이런 그림이 딕시에게는 아무런 영향을 미치지 않는 듯 보인다. 그보다 딕시는 출산 그림을 보며 골똘히 생각에 잠긴다. 사람을 스틱 피겨stick figure(사람을 머리는 원으로, 사지는 직선으로 간략하게 그리는 그림-옮긴이) 방식으로 그린 탓에 아기가 엄마 몸에서 나오는 모습을 보여주는 그림에서 아기가 나오는 경로가 조금은 애매모호하다.

"나는 아기를 갖지 않을 거야." 마침내 딕시가 입을 연다.

"아니, 왜?" 이층침대 위에서 아내가 묻는다.

"내 항문에서 뭔가 나오는 게 싫어." 딕시가 대답하고는 하품을 한다.

"네 항문에서 나오는 게 아니야." 퀸이 아는 척하며 끼어든다. 뒤이어 이제는 모든 걸 다 안다는 듯이 말한다. "네 '외음부'에서 나오는 거야."

딕시는 잠들고 퀸은 체취에 관한 부분을 읽기 시작한다.

체취 부분에 단단히 꽂혀서 완전히 이해했다고 생각할 때까지 앞으로 며칠 동안은 내내 이 부분만 읽을 것이다. 나는 모녀를 남겨두고 방을 나온다. 하지만 내가 자리를 뜨자마자 퀸이 아내를 향해 고개를 돌리고는 묻는다. "아빠는 왜 양관 절제술을 했어?"

"정관 절제술이라고 하는 거야." 아내가 말한다.

"아니, 그거 아니야." 퀸이 말한다.

"양관 절제술이 뭐야?" 퀸이 묻는다.

"정관 절제술이라니까." 아내가 귀찮다는 듯이 말한다.

"어." 퀸이 말한다. "근데 아빠의 씨앗 주머니가 더 이상 제 기능을 하지 않는 건 양관 절제술을 했기 때문이야."

맙소사, 아빠의 씨앗 주머니는 그런 사형선고를 받지 않았단다. 수술을 집도한 의사가 설명한 바에 따르면, 정관 절제술을 했다고 모든 것이 끝난 게 아니다. 살아 있는 정자가 새로 공급되는 것만 차단했을 뿐이다. 난폭한 녀석들로 가득한 씨앗 주머니는 외관상 그대로이고 주머니는 비워줘야 하지만, 주머니를 비우는 일은 아마도 형편에 따라야 할 것이다. 수술을 막 마친 한 친구는 불임 상태가 되었는지 확인하기 위한 성가신 검사를 하기 전에 여섯 번 성관계를 가져야 한다는 의사의 말을 듣고는 폭발해서 말했다. "그러려면 꼬박 1년은 걸린다니까요!" 내 의사는 그런 사소한 이야기는 건너뛰고 6개월 기다렸다가 병원 검사실에 가서 정액 검사를 받으라고 했다.

그게 7개월 전의 일이었다. 7개월 동안 나는 머릿속으로 이런 장면을 떠올려왔다. 남자 혹은 여자일 수도 있는 생판 모르는 사람과 얼굴을 마주 보고는 내 정자를 생산해서 건네주러 왔다고 그에게 설명해야 하는 장면. 그러면 무슨 일이 생길까? 이 대화는 어떻게 끝이 날까? 자기 집처럼 편안하고 사생활이 보호된 곳에서 정액을 배출하는 쉬운 선택지는 없을 거라는 점 외에는 어떤 것도 확실치가 않았다. 자신의 정액을 아이스박스에 담아 한 시간 안에 검사실에 가져다줄 준비가 되어 있지 않다면 말이다. 가내 생산은 추천 대상이 아니었다. 그러면 정확히 어떻게 하는 거지?

공교롭게도 내 주치의와 건강검진 예약이 되어 있어서 핑계 삼아 기다렸다가 의사의 말을 들어보기로 했다. "전에 얘기했던 정관 절제술을 받았습니다!" 의사가 혈압을 재는 동안 명랑한 말투로 말한다.

"수술은 어땠습니까?"

"말하기가 그러네요." 그러면서 아무렇지 않은 척 물어봤다.

"그런데 병원에서는 정자 샘플을 어떻게 받나요?"

"그냥 병원 검사실에 가면 거기서 컵을 줄 겁니다." 의사가 말했다.

"그게 다예요?"

"그게 다예요."

"음, 도와주거나 하지 않습니까?"

"여자를 제공해 주냐는 말인가요?" 의사는 병원 복도까지 다 들릴 정도로 크게 웃으면서 말했다.

"아니요, 절대 그런 건 아닙니다!"

"그러면 무슨 말인가요?" 의사가 물었다.

결코 내 말뜻을 설명하고 싶지 않았다. 내 말은, 사무실 같은 곳에 들어가서는 생전 처음 보는 사람에게 자위할 수 있는 장소와 정액을 담을 컵이 필요하다고 말할 수 있는 사람은 없다는 뜻이었다. 2008년인데도 불구하고 미국에서조차 한계가 있다. 남의 이목을 덜 끌면서 이 문제를 처리하는 방법이 있어야 한다는 게 내 생각이었다.

"그냥 약간 사회적으로 어색하다는 생각이 들어서 말이지요." 내가 말했다.

"여기요." 의사는 혈액검사 요청서를 작성했다. "이거 가져가시고 정액 검사도 혈액검사와 같은 방식으로 하세요."

그렇게 해서 나는 내 산악자전거를 타고 가장 가까운 퀘스트 다이아그노스틱스Quest Diagnostics(진단의학 정보서비스 업체-옮긴이) 사무실을 찾아가는 중이다. 내 아이 셋이 모두 태어난 바로 그 병원 옆이다. 땀에 흠뻑 젖은 양손에는 혈액 검사와 정액 검사 두 가지 양식을 쥐고 있다. 혈액검사는 핑계일 뿐 실제 임무는 정액 검사이다. "주사 맞는 것처럼 금방 끝날 거야." 나는 혼잣말을 한다. 사람들이 매일 하는 일이니까 분명히 규칙 같은 게 있겠지.

하지만 그런 건 없다. 대신 여자들로 가득 찬 작은 방이 있을 뿐. 여자들 대부분은 방 안에 빙 둘러 있는 의자에 적당한 거리를 두고 앉아서 3개월이 지난 〈피플People〉 잡지를 읽고 있고, 일부는 접수처 주변을 서성인다. 접수처에는 사생활을 보호해 줄 만한 공간이 없다. 책상 하나가 있고, 그 뒤에 또 다른 여자가 있다. 쉽사리 성별을 구별하기 힘든 외모가 아니라 얼굴도 예쁘고 몸매도 좋아서 정자 샘플을 받는 곳에서 일했을 것처럼 보이지 않는 외모의 소유자이다. 게다가 접수처 가까운 곳에 있는 여자들은 자신의 차례를 기다리는 것이 아니라 그냥 대기 중이다. 어슬렁거리면서 무슨 일이 있는지 보려고.

"어서 오세요." 접수처에 앉은 젊고 예쁜 여자가 말한다.

잡지책 넘기는 소리가 들린다. 내 뒤에 있는 여자들이 내가 이곳에 온 이유에 관심을 보이는 게 느껴진다. 산악자전거를 타고 온 탓에 나는 이미 땀을 흘리고 있다. 자전거 헬멧도 벗지 않았다. 아마도 특급 배송 물품을 가지고 온 퀵서비스 직원처럼 보일 것이다.

"혈액검사 하려고요." 나는 무심한 듯 말한다. 내 뒤에 있는 여자들이 흥미를 잃는 모습을 상상하며 혈액검사 양식을 건넨다. 접수처에 있는 여자가 혈액검사 양식을 훑어보는 동안 재빨리 말한다. "이것도요." 내 정액에 대해 특종을 기대하는 의사의 공식 요청서를 내민다. 여자는 요청서를 훑어보며 등 뒤에 있는 방을 가리킨다. "혈액검사는 여기에서 합니다." 이어 조심스럽게 말한다. "다른 검사에는 이게 필요해요." 그러면서 플라스틱 컵과 인쇄물 1장을 건넨다. "이 검사는 여기서 할 수 없고요. 코너에 있는 사무실로 가져가세요."

여자를 과소평가했다. 분명 이런 상황을 많이 겪어본 프로였다. 내가 기대했던 것보다 훨씬 쉽게 단번에 처리했다. 소리 죽여 웃는 일도 없고, 의미심장하게 내 눈을 쳐다보지도 않았으며, '정자', '자위'처럼 상대를 난처하게 하는 단어도 쓰지 않았다. 밖에는 투시력을 가진 생판 모르는 사람들이 잔뜩 있는데, 어쩔 수 없이 정액을 배출하느라 그 사람들 앞을 지나 용도가 대략 알려진 방으로 들어가지 않아도 되는 거였다. 모든 사항은 인쇄물에 나와 있었고, 대략 이런 내용이었다.

'샘플을 컵에 넣으시오.'

'컵은 아무도 알아보지 않거나 다시 볼 사람이 없는 다른 사무실에 두시오.'

'자세한 것까지 상의하지 마시오.'

나는 즐거운 마음으로 피를 뽑은 다음 작은 컵을 손에 쥐고 당당한 걸음으로 거리로 나가 다시 자전거에 올랐다. 그제야 한 가지 해결하지 않은 문제가 생각났다. 어떻게 정액 샘플을 컵에 담는 거지? 다른 사무실에 가면 그 질문에 답이 나오겠지. 퀘스트 다이아그노스틱스의 친절하고 사려 깊고 섬세한 사람들이라면 모든 것을 고려했을 테니. 나와 마찬가지로 그 사람들 역시 우리 관계의 친밀도를 최소화하고 싶을 뿐일 거야. 어딘가에 사적인 공간이 있겠지. 그러는 사이에 접수처에서 알려준 두 번째 사무실에 도착한다.

두 번째 사무실은 첫 번째 사무실과 아주 많이 비슷하다. 더 오래된 〈피플〉 잡지가 있고, 낯선 여자들이 더 많고, 접수처 뒤에 모르는 사람이 또 있다. 하지만 첫 번째 사무실에 있는 게 없다. 바로 화장실. 나는 6층짜리 건물의 1층을 돌아다니다 허탕을 치고, 숨겨진 화장실을 찾아 엘리베이터를 타느라 10분을 허비한다. 층마다 내려서 건물 복도를 돌아다닌다. 다른 층에는 화장실이 있지만, 화장실 문이 잠겨 있거나 환자 전용이다. 화장실 문을 하나씩 점점 더 기를 쓰고 당겨보지만, 어느 문 하나도 꿈쩍하지 않는다. 나는 의사들의 개인 사무실로 통하는 어두운 목재 문 가운데 하나를 열어볼 생각에 열쇠를 달라고 할까 고민하다가 마음을 바꾼다. 나는 환자가 아닌데 말이야. 사람들이 물어볼 수 있다고.

이제 나는 다시 플라스틱 컵을 들고 거리로 나와 자전거에 오른다. 이 작고 불쌍한 컵을 들고 첫 번째 사무실로 돌아가서 접수처에 있는 예쁜 여자에게 화장실을 써도 되는지 물어서는 절대로 안 된다. 굴욕적이면서 동시에 퀘스트 다이아그노스틱스의 규칙을 위반하는 일이 될지도 모른다. 나는 이 상황을 나 혼자 처리하는 중이다. 자전거를 타고 동네를 여기저기 돌면서 장소를 물색한다. 버클리의 거리는 많은 이익 단체의 편의에 맞게 건설되었다. 보행자, 휠체어 탄 사람, 자전거 탄 사람의 편의는 고려했지만, 비뚤어진 나의 편의를 봐주겠다고 생각해본 사람은 없는 듯하다.

그때 주차장이 눈에 띈다.

표지판에는 '만차'라고 쓰여 있다. 만차라니 좋다. 주차할 곳을 찾는 사람과 마주칠 일도 없다. 들어올 사람이 없으니 위험 요소는 나가는 사람뿐이다. 하지만 지금은 한낮이고 이곳에 차를 주차했을 게 분명한 의사와 간호사들은 아직 근무 중이다. 주차장은 묘지처럼 어두컴컴하고 조용하다. 유독 커다란 SUV 차량을 발견하고는 차량 앞쪽 범퍼와 콘크리트 벽 사이로 자전거를 밀고 간다. 그제야 한 가지 생각이 떠오른다.

'공공 주차장에서 자위를 하고 작은 플라스틱 컵에다가 사정을 하겠다고?'

곧바로 다른 생각이 이어졌다. '들킬 거야.'

이런 생각이 성욕을 자극한다고 여기는 사람들이 있다는 건 안다. 다행히도 나는 그런 부류에 속하지 않는다. 그런 일은 일어나지 않았다. 나는 자전거를 타고 첫 번째 건물로 돌아갔다. 건물에 사람들이 거의 없는 로비가 있었던 거 같은데, 거기라면 가만히 앉아서 찬찬히 생각해볼 수 있을 것 같았다. 나는 10분 정도 초록색 인조가죽 소파에 앉아 있었다. 옆에는 앞을 보지 못하는 것 같은 나이 든 부인이 있었다. 우리 둘 다 아무 말도 하지 않았다. 구글에 정액 검사 문제를 검색해보니 정관 절제술을 받은 남자들 가운데 상당 비율은 수술이 성공인지 판단하는 검사를 받으러 굳이 병원을 찾지 않는다고 했다. 남자들은 자신의 장점을 잘 안다. 하지만 이런 상황에는 잘 대처하지 못한다.

마침내 병원 유지 보수 팀 직원 한 명이 지나간다. 벨트에는 65개 정도 되는 열쇠가 매달려 있다. 용건이 있는 듯 긴 복도를 내려가서는 맞는 열쇠를 찾아 열쇠 꾸러미를 한참 뒤적거리더니 문을 연다. 나는 남자를 뒤따라 부리나케 복도를 달려가서 아무런 표시가 없는 문에 귀를 댄다. 너무나 반가운 화장실 소리! 그렇게 화장실 밖에서 기다린다. 3분, 4분, 이윽고 5분. 드디어 물 내리는 소리가 우렁차게 들리면서 남자가 나온다.

"화장실 쓰고 싶으세요?" 남자가 묻는다.

"네."

"직원용인데요." 남자가 말한다.

"괜찮습니다." 내가 답한다.

"그렇게 하시든가요." 남자는 냉기가 돌고 타일이 깔린 비좁은 화장실에 들어가게 해준다. 새로 만든 묘지 분위기가 난다. 냄새 또한 그렇다. 나는 등 뒤로 문을 잠그고 천장을 쏘아본다. 자학 행위. 그 상황에 더 어울릴 만한 단어는 없었다.

20분 뒤 나는 자전거를 타고 퀘스트 다이아그노스틱스의 두 번째 사무실로 돌아와 접수처 뒤에 있는 상냥한 남자에게 사연 많은 작은 컵을 던지듯이 주고는 도망친다.

일주일 뒤 주치의로부터 이메일을 받는다. "혈액검사 결과는 아주 좋습니다. 축하합니다." 다시 일주일이 지나고 또다시 일주일이 지났지만, 정관 절제술을 집도한 의사로부터는 아무 소식이 없다. 결국 나는 전화기를 들고 의사에게 연락한다. 입학 허가서를 발송했다는데 왜 나는 받지 못했는지 하버드대학교에 전화를 거는 기분이 살짝 든다. 전화를 받은 여자는 그 진료실에서 일하는 다른 직원들과 마찬가지로 중국인이다. 여자의 영어는 엉망이다.

"당신 이름 뭐?" 여자가 묻는다.

"루이스요."

"루이스. 잠깐 두고 봐."

나는 잠시 기다린다. 뭔가를 뒤적이는 소리, 소란이 벌어진 듯한 소리, 분명치 않은 대화 소리가 들린다.

"루이스?"

"네?"

"살아 있는 정자 가졌어!"

나는 생각한다. '모국어가 아닌 언어로 말하고 있어.' 하지만 그 문장을 어떻게든 재해석해도 '수술이 성공적이네요.'라는 말로 바꿀 수가 없다.

"무슨 말입니까?" 내가 묻는다.

"방금 말했잖아요! 살아 있는 정자 가졌어! 살아 있는 정자 가졌다고!"

"네, 그런데 그게 무슨 뜻이냐고요?"

"보호를 사용해!"

"수술이 잘되지 않았다는 말입니까?"

말해야 할 것과 말하지 말아야 하는 것을 생각하는 소리가 들리는 듯했다. "그게," 마침내 여자가 말한다. "수술 지금 안 됨!"

"의사 선생님하고 통화할 수 있습니까?"

"의사는 환자와 같이."

"선생님하고 얘기해야겠는데요."

"그 사람, 환자랑 같이!"

"선생님하고 얘기해야겠어요."

"의사, 당신한테 전화하라고?"

그렇게 해달라고 했다. 하지만 의사는 몇 시간이 되도록 전화하지 않았다. 그 시간 동안 나는 조금 전에 일어난 일을 받아들이려고 남몰래 애썼다. 끔찍하게 재미없는 농담. 잘못된 사형 집행. 반인륜 범죄. 홀로 완전히 비참한 기분에 빠져 사무실을 이리저리 돌아다니다가 볼일을 보러 나갔다.

나는 내 몫을 다했다. 반경 약 32km 내에서 가장 뛰어난 정자 킬러를 찾았다. 베이 에어리어 지역의 뛰어난 인공수정 의사들의 병원 문을 닫게 한 장본인이었다. 만약 북부 캘리포니아의 정자들이 전투부대를 조직한다면 이 의사의 병원을 포위하고 캘리포니아 주에서 쫓아내려고 할 것이다. 나는 수술 날짜에 나타났고, 수술대에서 도망치고 싶은 유혹을 참았으며, 환자용 가운이 다 젖도록 땀을 흘렸고, 며칠이나 거기가 얼얼한 상태를 견뎌냈다. 그리고 수술 상처가 아물었을 때는 나의 생식능력이 끝난 것을 침묵 속에서 애도했다. 그런데도 그 생식능력이 여전히 활개를 치고 있다는 건 내 잘못이 아니었다. 그렇지 않나?

어떤 정자들은 정말 천하무적인 걸까? 정말 끈질기고 너무나 완강해서 정관 절제술만으로는 정복할 수 없는 걸까? 물어보나 마나 한 질문일 뿐이었다. 베스트바이Best Buy(미국의 가전제품 체인점-옮긴이) 주차장에 들어섰을 때 나는 정신이 아득한 지경이었다. 대자연이 이런 불가능한 상황을 창조했다. 나 또는 다른 어느 누구도 통제할 수 없었다. 이 불은 자연의 이치에 따라 꺼져야 할 것이다.

그때쯤 휴대폰이 울렸다. 베스트바이 고객서비스센터와 휴렛팩커드 신형 데스크톱 컴퓨터 전시 코너 사이에 서 있다가 휴대폰 화면을 보고 착한 의사가 드디어 전화를 걸어온 걸 알았다. 전화를 받아서 천하무적인 내 정자를 이해하려고 얼마나 애쓰는 중인지 설명을 하려던 참에 의사가 내 말을 끊었다.

"이게 문제였어요." 의사가 말했다. "그쪽에서 보내준 양식에 '0에서 1'이라고 표시된 칸이 있는데, 그 칸이 체크되어 있어요. 하지만 그게 무슨 말입니까? 어떻게 0에서 1 사이의 정자가 있을 수 있냐고요?"

"저야 모르지요."

"정자 한 마리를 찾았답니다. 그 전에 스포이트에 붙어 있었던 것이 컵에 들어갔을 수도 있지요. 아무도 모르는 겁니다."

"정자 한 마리가 있었다고 하잖아요."

용감무쌍한 정자 한 마리. 이 마지막 정자 한 마리는 홀로 퀘스트 다이아그노스틱스의 살인 청부업자가 있는 검사실에 홀로 들어갔다. 그곳에서 일전을 벌였고, 덕분에 다른 정자들이 살 수 있었을 것이다. 나는 이 전사한 정자를 끝까지 찾아내서 제대로 매장해줘야 한다.

"일반적으로 샘플 하나에 살아 있는 정자가 2,000만 마리 넘게 들어 있습니다."

"하지만 한 마리가 살아 있었다면 분명 더 많이 살아 있었다는 거군요, 맞습니까?"

"자, 보자고요. 정자 한 마리가 어디서 왔는지 아무도 모르지 않습니까? 결론은 선생님은 두 번 다시 어떤 사람을 임신시킬 수 없다는 겁니다."

나는 그 점에 대해 생각한다.

"원하시면 병원에 와서 얘기를 더 할 수도 있습니다." 의사는 친절하게 말한다.

이상하게도 그러고 싶지 않다.

그런데 그날 밤 꿈을 꾼다. 꿈속에서 컬럼비아 언론대학원 니콜라스 리먼 학장이 뉴욕 닉스의 주전 포인트가드를 맡고 있다. 벤치 멤버를 포함해서 뉴욕 닉스의 전 선수들이 내 옆에 있는 대형 침대에서 졸고 있을 때 예전 여자 친구가 문을 벌컥 열고 들어와서 나를 깨운다. 하지만 여자 친구는 예전의 모습이 아니고 털이 많은 커다란 쥐가 변장한 것처럼 보인다. 꿈속에서 내내 여자 친구를 방에서 내쫓으려 몸싸움하고, 침이 줄줄 흐르는 축축한 혓바닥으로 수없이 나를 핥으려는 시도를 막고, 다음 날 중요한 경기가 있는 뉴욕 닉스 선수들을 깨우지 못하도록 막는 데 열중한다.

이 모든 게 심각한 공황장애를 앓고 있는 산모들에게 처방하는 수면제의 강력한 효능 때문이기도 하다. 이 수면제는 아내가 겪은 산후 공황장애의 흔적이면서 아내뿐 아니라 나에게 주어진 뜻밖의 선물이었다. 코끼리도 재울 정도로 효과가 엄청났기 때문이다. 충분히 일한 뒤에 즐기는 휴식 같은 게 간절히 생각날 때 수면제 한 알을 꺼내 먹고는 한다. 잠시 후면 닉 리먼이 어시스트를 하고 3점 슛을 던진다.

어떤 꿈을 꿨는지 기억이 나는 이유는 꿈이 끝나기도 전에 침대 옆에 서 있는 작은 아이가 나를 깨우기 때문이다. 몇 개월에 한 번씩 딸애들 중 하나가 말똥말똥한 눈에 입가에는 뜻 모를 미소를 지으며 한밤중에 우리 부부의 침실에 나타나 악몽을 꿨다고 말한다. 보아하니 오늘 밤에는 딕시다.

"아빠, 무서운 꿈 꿨어."

기이한 내 꿈속에서 아이들의 꿈속으로 이동하는 일이 쉽지 않다. 털이 많은 커다란 쥐는 무슨 의미지? 뉴욕 닉스는 또 뭐고? 이상하고 불안한 하루를 보낸 뒤 아마도 남성다움의 상징으로 주변에 프로 스포츠 선수들이 몇 명 필요했을지 모르지만, 분명 나는 보스턴 셀틱스나 샬럿 호네츠 선수들을 선발했을 것이다. 그때 기억이 났다. 자식들에 대해 글을 쓰지 말라고 한 사람이 바로 닉 리먼이었다. 특히나 아이들이 나이가 한 살씩 많아지면 아이들의 삶을 망가뜨릴 수 있다고 했다. 닉은 대개 모든 일에 대해 올바른 판단을 했으니 이번에도 맞는 말을 했을지 모른다. 아이들에 대해 쓰는 일을 그만둬야 할 때가 온 걸까? 그렇다면 마지막에 나는 무엇을 되돌아봐야 할까?

꿈과 마찬가지로, 아빠가 되는 순간들은 쉽게 잊어버리고 또한 듣는 사람보다는 말하는 당사자에게 훨씬 더 재미있는 경험이다. 하지만 아빠가 되는 순간들이 기억에서 사라지면 그 때 얻은 교훈도 사라진다. 결국 그 빈자리는 양육 전문가들이나 관련 서적, 카운슬러, 정신과 의사들에 의해 채워진다. 세상에는 아빠가 되는 방법과 아이를 키우는 방법에 대해 알려줄 사람이 많고, 그들의 조언은 분명 도움이 된다. 하지만 아빠 노릇의 마지막 규칙을 충분히 명확하게 전달하지 않는다. 아빠가 되어서 성가시거나 불안하거나 생활이 엉망이 되지 않았다면 아마도 뭔가를 잘못하고 있어서 아이들의 인생이 엉망이 될 것이라는 점이다. 어쨌거나 잘못할 수도 있지만 괜찮다. 그만큼만 아이들의 인생을 엉망으로 만들기 때문이다. 아이들은 상담 과정이나 자신의 회고록에서 부모에게 보복할 수 있다. 하지만 이 작은 생명체들은 예의 주시하지 않으면 부모의 인생을 영원히 망칠 수 있는 힘이 있다. 그러므로 스스로 잘 살펴봐야 한다. 대신 무엇을 하는지 다른 사람들이 모르게 해야 한다.

나는 여전히 여섯 살 아이의 그림자를 쳐다보고 있다. "무슨 꿈을 꿨니?" 딕시를 침대 안으로 들어 올리며 묻는다. 디지털시계는 3시 22분을 가리킨다.

"나 혼자만 있는 꿈을 꿨어."

"그래서 기분이 어땠니?"

"슬퍼서 울었거든. 진짜로 울었어."

그러고는 신이 나서 제 엄마와 아빠 사이를 재빨리 파고들어, 캘리포니아 킹사이즈 침대는 어른 세 명 또는 어른 두 명에 여섯 살 아이 한 명이 편안하게 잘 수 있을 만큼 크다는 사실을 다시 한 번 증명한다.

「이 도서의 국립중앙도서관 출판예정도서목록(CIP)은 서지정보유통지원시스템 홈페이지
(http://seoji.nl.go.kr)와 국가자료공동목록시스템(http://www.nl.go.kr/kolisnet)에서
이용하실 수 있습니다.(CIP제어번호: CIP2016021610)」

불량아빠 육아일기

초판발행 2016년 9월 19일

지은이   마이클 루이스
옮긴이   정미화
그린이   유준재
펴낸이   김정한
디자인   류지혜

펴낸곳   어마마마
임프린트 이불

출판등록 2010년 3월 19일 제 300-2010-35호
주소 110-034 서울특별시 종로구 효자로 9길 43 (창성동)
문의 070-4213-5130 (편집) 02-725-5130 (팩스)

ISBN 979-11-87361-02-2 03840
정가 13,000원

* 이불은 어마마마의 문학 전문 브랜드입니다
* 잘못된 책은 바꾸어 드립니다